「要さ……、……要さん……っ」

「可愛いよ、陸。綺麗だ。綺麗で可愛くて、苛めたくなる。君が泣く顔が、もっと見たい」

　自分は泣いているのか……、とぼんやりと思い、確かに視界が滲んでいるなと思った。　（本文より）

カバー絵・口絵・本文イラスト■和鐵屋匠《わがねやたくみ》

あばずれ

中原一也

この物語はフィクションであり、実在の人物・
団体・事件等とは、いっさい関係ありません。

CONTENTS

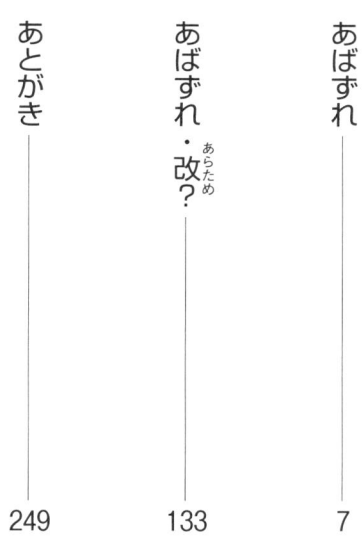

あばずれ

見てやがる。

吊革に摑《つか》まって電車に揺られていた陸《りく》は、先ほどから自分に向けられる視線に意識を集中させていた。だが、すぐにはそちらに目を遣らず、俯《うつむ》き加減でじっとし続ける。

見られるのには、慣れていた。

左目の眼帯。唇の横には青痣《あおあざ》とかさぶた。頬の高くなっている部分には擦り傷があり、突き指した右手の中指と痛めた手首には包帯が巻かれていた。殴り合いというより、リンチの痕《あと》のように見える。

これだけでもかなり人の目を引くが、陸が人目を引いているのは、単に傷だらけだからというわけではなかった。

細身の躰《からだ》と切れ長の一重。男にしては柔らかで弾力のある唇。癖のない漆黒の髪は毛先を梳《す》いて軽くしており、よりシャープな印象を見る者に与える。

自分の外見が優れていることは、小学生の頃から自覚していた。妙な趣味の男に悪戯《いたずら》をされそうになったこともあるし、ひどい時には無理やりどこかへ連れ去られそうになったこともある。

鬱血《うっけつ》しやすい体質で、白い肌に浮かぶ痣は、そのテの嗜好《しこう》の持ち主の欲望を刺激するようで、黙っていればいくらでも変態は寄ってきた。

また、陸は万人に受け入れられるタイプではなく、外見のよさに反していい思いをしたことがない。見た目の思い込みで誤解されることも多く、実のところ自分のお綺麗《きれい》な顔があまり好きではないのだ。

しかし、それを利用するだけのしたたかさは持ち合わせており、自分の気に入らない外見を使って世の中を渡ってきたところもある。

陸は今まさに、自分の外見を利用してよからぬことをしようとしていた。頃合を見て、先ほどから感じる視線の持ち主に目を遣る。

陸を見ていたのは、二ヵ月ほど前から時々この電車に乗り合わせるスーツ姿の男だった。ジロジロ見るのは失礼だと思ったのか、男はすぐに陸から視線を逸《そ》らしたが、まだこちらを気にしているのはわかる。

年齢は二十七、八といったところだろう。

しっかりとした躰は自己管理ができる者のスタイルを保っており、努力だけではどうにもできない長身という立派な肉体を持っていた。外見には自信のある陸だが、男は陸とは異なるタイプの恵まれた容姿の持ち主だ。

目鼻立ちははっきりとしているが、くどさはなく、品がある。白いタイツを穿《は》かせてバレエを踊らせたら、きっと似合うだろう。

こんな男が、電車に乗っているのが不思議なくらいだ。

しかも、全体から育ちのよさが滲《にじ》み出ていて、中身が空っぽで外見ばかりを飾り立てるような連中とはわけが違う。このところ、車内の視線があの男に集中しているのも、全身から醸《かも》し出される雰囲気が一般人のそれとは違うからだろう。

だが、そんなことはどうでもいい。

陸は男がもう一度自分を見るのを待ち、視線が合うなりすぐに逸らした。いかにも何か事情を抱えているというような外見とその態度で、男の興味がいっそう増したのがわかる。

これは確信だ。

(貢《みつ》がせてやるから、喰《く》いつけよ……)

電車はいつも通り会社最寄りの駅に停まり、人の波に押し出されるようにしてホームに降り立った。

ここからが勝負だ。

陸はフラフラとした足取りで歩いていき、ホームの隅でおもむろにしゃがみ込んだ。

「君、大丈夫かい?」

狙《ねら》い通り、落ち着いた声が頭上から降ってくる。声まで男前だ。

「……すみません、ちょっと具合が悪くて」

「立てるかい? ほら、手を貸して。そこにベンチがあるから」

紳士的な態度だった。

これまで陸に言い寄ってきた男どもとはまったく違う。いかにも「下心があります」というようなギラギラとした欲望は感じさせず、本当に親切心で声をかけたような印象だ。

だが、電車の中で注がれていた視線は、それだけではないはずだと陸の経験が言っている。明らかに、陸が気になって仕方がないという視線だった。

勘を信じることにする。

「駅員さんを呼んでくるから、座ってて」

「待って、ください……」

陸は男のスーツの袖《そで》を摑んだ。そして上目遣いで縋《すが》るように男を見て、戸惑いがちに言葉を濁す。

儚《はかな》げな青年を演じるのは、得意とするところだ。

「あの、大丈夫です。駅員さんなんて呼ばないでください」

「でも、気分が悪いんだろう?」

「ダメなんです。駅員さんのお世話になって家に連絡でもされたら……、……また、殴られます」

最後は、消え入るような声で言った。

すると男は、陸を気遣うように隣に腰を下ろした。なんてことだと嘆いているのが、漏らされたため息からわかる。

「君、いつも怪我《けが》をしているね。日常的に殴られてるのかい?」

真剣な眼差しを向けられ、陸は一瞬息を呑《の》んだ。立派な態度に、躊躇《ちゅうちょ》したのだ。しかも、近くで顔を見ると、いっそうその色男ぶりがわかり、たじろいでしまう。

見てくれには自信のあった陸だが、この男を前にすると自分がえらく貧相に思えてくる。多少は見た目で得をしているが、自分は所詮《しょせん》、躾《しつけ》もロクにされていないただの雑種犬のようなものだと思わされた。メッキを剝《は》がせば、その姿が現れる。

だが、この男は違う。

華麗さや優美さを持っている、血統書つきの洋犬。ひとことで言えば、ゴージャスなのだ。もちろん、身につけている物がという意味ではない。存在そのものがだ。

立ち居振る舞いや態度には気品すら感じ、このテの人種に慣れない陸は圧倒さえされた。

「あの……僕、もう行きます。仕事に行かなきゃ」

「待ってくれ。逃げないで。実はずっと君が気になってた。傷だらけだから……。君を殴ったのは誰だい？　お父さん？」

優しく聞かれ、口をきつく結んで自分の靴のつま先を凝視して、迷っている素振りを見せた。そして男をたっぷりと待たせたあと、おずおずと口を開く。

「はい。父に……殴られました」

嘘ではなかった。

この傷は、紛れもなく陸の父親の仕業《しわざ》だった。昔からよく殴られた。絶えない生傷のせいで、学校ではかなりの有名人。包帯や眼帯は、生活とは切り離せないアイテムだった。

担任が心配して家庭訪問に来たこともあったが、そんなものが役に立ったことはない。

陸の父親は、常識なんか通用しない乱暴者で、教師も手を焼いていたくらいだ。

女好きのロクデナシ。それが陸の父親に対する評価だ。

「DVっていう言葉は知ってるかい？　ドメスティックバイオレンス。血縁関係の人や配偶者から暴力を受けることだけど」

「はい。一応、知ってます」

「僕は弁護士をしてるんだ。その手の相談を受けたこともある。専門ではないけど、よかったら相談に乗るよ。もちろん、弁護士としてお金を貰《もら》ってという意味じゃない。偶然だけど、こうして出会ったのも何かの縁だ」

「縁？」

「実はね、仕事の関係でここ二ヵ月ほど電車を使っていたけど、明日からは乗らないんだ。だから、思わず君と一緒に電車を降りてしまったんだけど、偶然君とこんなふうに話をするチャンスに巡り合えた。これも、何かの縁だろ？」

垂らした釣り糸に獲物が喰らいつき、深く餌《えさ》を飲み込んだのがわかった。

それでも、陸はすぐには頷《うなず》かない。

「DV被害者のためのシェルターもある。男性も受け入れてる施設もあるんだよ」

「でも……」

「お父さんが、怖いのかい？」

柔らかな声が、陸に苛立《いらだ》ちを覚えさせた。

お父さんが、怖いのかい？

なんて優しくて、思いやりのある言葉だろう。さすがにセレブな空気を振りまいているだけあって、他人を気遣う余裕がある。育ちがいい人間は、考え方が根本的に違う。

普通なら、こんな人間を騙《だま》すことに多少罪の意識を抱くだろうが、陸は違った。

「あの……僕を、助けてくれますか？」

少し声を震わせながら言い、最後にコクリと唾《つば》を飲み込む。男は「もちろんだ」と笑顔を見せてから、陸に名刺を渡した。

「上月《こうづき》、要《かなめ》……さん」

「君の名前は？　歳はいくつだい？」

「陸です。惣流《そうりゅう》、陸。十九です」

「いい名前だね。仕事が終わったら電話をくれるかい？　今日じゃなくても、気持ちの整理がついてからでいいから。ね？」

陸は黙って頷くと、立ち上がって深く一礼してから上月という男に背を向けた。


「ただいまー。帰ったぞ！」

その日の夜、仕事を終えた陸は家に帰り着くと咥《くわ》えタバコのままバン、と乱暴にドアを開け、玄関から叫んだ。すると、奥からわらわらと子供たちが出てきて陸を取り囲む。

「にーちゃん、おかえり～」

「お腹空いたー」

まとわりつくガキどもの頭を乱暴に撫《な》で、戸棚の上に置いてある蓋《ふた》つきの灰皿に咥えていたタ

バコを放り込んだ。

「姉貴はまだ帰ってないのか?」

「うん、でももうすぐ帰ってくるって電話があったよ」

陸は、九人家族の長男だ。この春、高校を卒業して板金屋に見習いとして就職した。

上には桜《さくら》という名の二十三歳の姉が一人。下は十六歳で高校二年生になる男女の双子、空《そら》と桃《もも》子《こ》がいる。

母親が同じなのはここまで、あとの四人は異母兄弟だ。上から十一歳の大地《だいち》、五歳の太陽《たいよう》、四歳の月《つき》、三歳の楓《かえで》と続く。それぞれ父親の一郎《いちろう》が違う女に産ませた子で、名前のつけ方からわかるように大雑把でいい加減な男だ。

陸が四つの時に愛する伴侶《はんりょ》を失った一郎は、妻の三回忌が終わると女遊びを始め、こともあろうに外で子供を作ってきた。

最低の父親だと思っている。

女を見る目は最初の妻で使い果たしたのか、他の女は子供と離婚届を置いて男と逃げるようなのばかりだった。借家の一戸建てに腹違いの兄弟たちがひしめき合っているのは、そういうわけである。

「にーちゃーん、腹減った~」

「にーちゃーん、楓がおしっこ漏らした~」

ぴぎゃー、と甲高い子供の泣き声が、部屋の奥から聞こえてくる。

「おにーちゃん、修学旅行の積立金、明日までって言われたんだけど」

「にーちゃん、にーちゃんってば！」

家に帰るなりこれだ。貧乏子沢山《だくさん》とは言ったもので、常に腹を空かせたガキどもの阿鼻叫喚《あびきょうかん》が聞こえてくる。しかも、今日はなぜか見慣れない子供がいるではないか。

青っ洟《ばな》を垂らした五歳くらいの男の子が、ここは自分の家だとばかりに陸の弟たちと一緒にちゃっかりとちゃぶ台についている。

まとわりつく太陽に百円ショップで買ってきたお菓子をみんなで分けるように言って渡し、おしっこまみれの楓のパンツを脱がせながら、唯一この中で事情を説明できそうな大地に聞いてみた。

「おい、大地。誰だそのガキ」

「努《つとむ》だよ」

「努ぅ？」

「山内《やまうち》さんちの子。晩ご飯食べに来た」

「なんで山内さんちの努がうちで飯喰うんだよ！　うちは貧乏なんだから、もっと裕福な人のところへ行け。っていうか、山内さんちってどこだよ」

「公園の近くの家。かーちゃんが男と駆け落ちしたんだってさ」

「駆け落ちだと？　努。お前、親父は？」

「へいのなかってところ」

努がちゃぶ台に両手を置いたまま、陸の顔を見て言った。意味もわかってないというのに、言葉だけはちゃんと覚えているのが切ない。親がロクデナシだと、子供が苦労する。

「チッ、しゃーねぇな」

ボリボリと頭を掻《か》き、ついでに努にも食べさせることにして、先に洗濯物を取り込みに行った。

だが、すぐに部屋の電話が鳴り、大地が子機を持ってくる。

「警察から電話。空兄ちゃんが逆カツアゲして捕まったって。ヤンキーをボコボコにしたらしいよ」

「あー、もう！　なんで次から次へと問題を起こすんだ！　ところで親父はどこだよ！」

言うが早いか、奥から不精髭《ひげ》を生やした男が出てきて、大きな欠伸《あくび》をした。

警備会社で働く一郎は、勤務時間が不規則で、徹夜に備えて夜まで寝ている時もある。

「おい、てめぇいたのか！　警察に空を取りに行ってこい！」

「父親に向かって『てめぇ』とはなんだぁ」

「うるせークソ親父。家族計画無視して子作りばっかしやがって！　大体なぁ、琴美《ことみ》はどーしたんだよ。てめぇが連れてきた女だろうが！　後始末はてめぇがしろ！」

琴美とは、一週間ほど前に繁華街のど真ん中で自分の男に殴られているところを一郎に助けられ、乳飲《ちの》み子を連れて家に転がり込んできた女だ。人助けをするのはいいが、露出度の高い洋服ときつい香水の匂いで自分を固めた彼女を家に入れることに、陸は嫌な予感を抱いていた。

そして案の定、琴美は子供を置いて三日前から行方をくらませてしまっている。

「奥のベッド見てみろよ！　あの女、乳飲み子に置き手紙添えてトンズラこきやがったまんまだぞ！　どーすんだよ、あのガキ！」

「細かいことをグチグチ言うな！」

「全然細かくねーじゃねえか！　大体てめぇは適当すぎるんだよっ！」

その言葉を合図に、殴り合いが始まる。

中二くらいまでは、父親のゲンコツを喰らってのたうちまわっていたが、今は少しは張り合える。おかげで変態に連れ去られそうになろうが、陸を嫌う同級生たちに呼び出されてリンチされそうになろうが、自分の身を守ることができた。

陸を薄幸《はっこう》の美少年だと思い込み、親切心を振りかざして車に連れ込んでいかがわしい行為に及ぼうとした美大生を、再起不能かというところまでボコボコにしてやったこともあった。

そういう意味では、ロクデナシの父親に感謝しているが、それとこれとは話が別だ。

「お前が無事にここまで育ったのは、誰のおかげだと思ってんだ！」

「姉貴が母親代わりになってくれたおかげに決まってんだろうが！　俺だってな、随分前から家に金入れてんだよ！」

「お前が外で喧嘩《けんか》してきたせいで、店のもん弁償させられたことが一体何回あったと思ってんだ。生意気な口を叩《たた》くな、包茎小僧が！」

「とっくに剝《む》けてんだよ！」

日課の殴り合いがエスカレートしていくと、弟たちは全員慣れた様子で冷静にちゃぶ台を片づけ、観戦を始めた。

エルボー。延髄《えんずい》斬り。アイアンクロー。こくまろドロップ。悪魔首折り弾。アルゼンチンバックブリーカードロップ。

華麗な技が飛び交うのを、弟たちはきゃっきゃきゃっきゃと喜んで見ている。

「とーちゃんがんばれ～」

「にーちゃん負けるな～」

家が揺れんばかりの大騒ぎ。

陸の絶えない生傷の原因は、これなのだ。DVと言ってしまえばそうかもしれないが、陸にしてみれば対等な勝負である。

「くたばれ、親父っ！」

「俺に勝とうなんて百年早いぞ！」

途中、長女の桜と双子の片割れの桃子が帰ってきたが、慣れたもので、台所に直行すると弟たちのために夕飯の支度を始める。

「お腹空いたでしょ～。みんな待っててね」

「もー、おねーちゃん、見てよ。おとーさん最低。ももひきで暴れんなって言ってやって。チョー恥ずかしいんだけど？」

「誰も見てないわよ。桃子、お米といで」

「あたし高校出たらアパート借りる」

「わかったから。ほら、お米」

しっかり者の長女は陸がエビ固めをされようが、父親が飛び蹴《げ》りを喰らおうが、まったく気にしちゃいなかった。まだ十六の次女は、さすがにそこまで悟ってはいないが、それでもこの状況にはすっかり慣れきっている。

そうこうしているうちに、陸のほうが劣勢になっていき、最後は相手に精神的ダメージを負わせる接吻《せっぷん》技、ときめきメモリアルを唇に喰らってあっけなくダウン。

髭面の親父にされては、たまらない。

「俺に勝てると思うなよ。俺は子供たちを愛してるから、ちゅーくらいできるぞー。ちなみにお前のファーストキスの相手は俺だ」

「言うな、クソ親父っ！」

「うちの子に生まれたからには、みんな俺と初キッスをするんだぞー」

がははは……、と高笑いすると、台所から「お父さん最低っ！」と桃子の声がし、おたまが飛んできた。しかし、ロクデナシは嫌がる桃子に投げキッスをしてから「変態っ」と罵《ののし》られたあと、楓を抱き抱えてマウス・トゥ・マウスでぶちゅーっと一発かます。

（ち、ちくしょ～）

陸はがっくりと項垂《うなだ》れたままギリリ、と奥歯を噛《か》み、傍若無人《ぼうじゃくぶじん》な父親を睨《にら》み上げた。いいところまで行くのだが、どうしても勝てない。

父の熱いキスをきゃっきゃと喜ぶ楓を見ていると、ザラリとした不精髭の感触が蘇《よみがえ》ってきて、陸は吐き気をもよおした。

「また、お父さんに殴られたのかい？」

新しい傷を見て、上月は心配そうな顔をしながら俯いて座る陸の顔をそっと覗《のぞ》いた。

部屋の棚には法律関係の本がずらりと並んでおり、観葉植物は色鮮やかな緑の葉を広げて太陽の光を浴びている。いかにも弁護士事務所といった感じだ。

上月と駅で話してから、一週間ほどが過ぎていた。

あれから陸は、三日置いて上月の名刺の番号に電話をし、具体的に会う日取りを打ち合わせた。

上月が土日も仕事をすることが多いため、日曜に陸が事務所に行くことで話は決まり、こうして応接室のソファーに座っている。

「心配しなくていいよ。僕が力になるから。こんなに傷だらけになって、可哀想に」

さすがに慈悲深いお言葉だ。唇を歪《ゆが》めて皮肉な笑みを漏らしたくなるのを、すんでのところで我慢する。

「……いいんです。僕が悪いんだから」

「DVの被害者ってね、殴られる原因は自分にあるって思い込む傾向にあるんだ。でもそれは間違いだよ」

完全に騙されている上月は、陸が自分に貢がせて生活費の足しにしようとしているなんて思っていないだろう。

コツは、小さな声で喋《しゃべ》ること。俯き加減でいること。

上月に自覚した下心はないらしいが、好意も辿《たど》れば行き着くところは自分の欲を満たしたいという願望だ。いつかその化けの皮を剝いでやると、ほくそ笑む。

この博愛主義者のような男が、自分が騙されたとわかってもなお綺麗事を言っていられるか――陸は、まだ見てもいない上月の逆上した姿を脳裏に浮かべた。

本当の苦労なんて知らないくせに。

幸薄き美少年を演じながら、心の中ではそんな嫌味たらしい疑問を投げかけてみる。貧乏人のひがみと言われても、否定しない。

陸は金持ちが嫌いだ。苦労知らずのボンボンはもっと嫌いだ。

どん底に落ちた時、同じように他人に優しい人間でいられるかはわからないのだから。

「手当てをするから、ちょっと待っててくれ」

上月が出ていくと、陸はどうやってこの男から金を引き出そうかと考え始めた。

これまでは、暴力を振《ふる》う男の恋人に手切れ金を要求されていると言ったり、弟たちに会わせて生活苦を訴えたりしていた。下心のある男たちは、陸が肉体関係を仄《ほの》めかすと、自分が騙されているとも知らずにホイホイと金を出したものだ。そして、鼻息を荒くしながら自分が金を出すのは純粋な好意の証《あかし》だと言った。

だが、いざ金を手にした陸が求めに応じないと、慌てふためく。

どうして自分の気持ちをわかってくれないんだ、ここまで尽くしてやったじゃないかと、縋りつくのだ。

純粋な好意の証が聞いて呆《あき》れる。

(お前も、あいつらと同じなんだろ……?)

そう思った時、救急箱を手にした上月が戻ってきて、陸の隣に腰を下ろした。

「傷の様子を見るよ。眼帯のガーゼも換えようね」

「いて……」

「あ、ごめん。大丈夫かい?」

慣れた手つきとは言えなかったが、上月が陸を気遣っていることは十分伝わってきた。壊れ物でも扱うようだ。

「ひどいな……。ここも、切れてる。君のお父さんは、日常的に暴力を振っているんだろう?

暴力に耐えようなんて思っちゃいけないよ。働いているんだったら自活できるだろうから、まず、お父さんのもとを離れることを考えなきゃね」

上月は、陸を父親のいる家から引き離すことを真っ先に考えているようだった。しかし、望んでいるのはそんなことではない。欲しいのは、金だ。

本当にシェルターになんか連れていかれたら困るのだ。弟たちの世話もあるし、それ以前にDVではないことがバレてしまう。

「いえ、ダメなんです」

「どうしてだい？」

「実は、弟たちがいるんです。だから自分だけ逃げることはできません」

陸の言葉に、上月は表情を曇らせた。

「弟さんたちにも、暴力を振うのかい？」

「いえ、まだ小さいですし。でも、僕がシェルターになんか行くと、どうなるか」

「方法はいくらでもある。これからどうするのが一番いいか考えよう。そのためにも、もっと君のお父さんの話を……」

「でも……っ、家を離れることだけはしたくないんです！」

思わず声を荒らげてしまい、陸は慌てて口を噤《つぐ》んだ。

やはり、弁護士なんかカモにしようとしたのがいけなかったのか。法的手段で助けようとされたら、困るのは陸のほうだ。

人選ミスなのかもしれない。

妙なことになる前にトンズラを決め込むほうが利口なのかと、算段を始める。

「……わかったよ。無理強いはしない。でも諦《あきら》めちゃダメだよ」

真剣に訴える上月は、何度見ても男前だった。

日本人離れした鼻梁《びりょう》とスーツが似合うしっかりとした躰。手も綺麗だった。女性のものとは明らかに違うが指が長く、爪も大きくて頼り甲斐《がい》がある手に見える。陸の手とは違い、ささくれや傷もない。

この男は、作業着を着て工場で汗まみれになって働くことなどないだろう。気分屋の先輩に、理不尽な文句を言われたり、当てつけに注意をされたりすることも……。

「あの、すみません。せっかく相談に乗ってくれてるのに」

「いいよ。君の気持ちもよくわかるよ。仕事でもないのに、こうしてお節介をやく人間を警戒してるんだろう？」

「そんな……」

包帯を巻き終えた上月は、陸の顔をじっと見た。思わず視線を足元に遣る。

鑑賞用には適した顔をしているが、一緒にいると腹が立ってくる。ただのひがみだとわかっているだけに、苛立ちもひとしおだ。

どうしていとも簡単に自分のような人間を信用できるのだと、問いつめたくなってくるのだ。

だが、上月はそんな陸の気持ちなどわかっていないのか、落ち着いた大人の笑顔で陸を誘う。

「ね。ご飯食べに行こうか？」

「え？」

「奢《おご》るよ」

立ち上がって「ほら、行こう」と自分を促す上月になぜか戸惑いを覚えながら、陸はおとなしくついていった。

日曜日ということもあり、普段ビジネスマンで溢《あふ》れる街は、比較的落ち着いた雰囲気に包まれていた。

「何が食べたい？　和食？　中華？　それともイタリアン？」

「なんでも……」

「じゃあ、僕の馴染《なじ》みの店で美味《おい》しいイタリアンのお店があるから、そこにしようか」

上月はそう言って、ビルを出ると裏通りへと入っていった。店はひっそりとした場所にあるが、客足はいいようだ。店内は賑《にぎ》わっており、にんにくをオリーヴオイルで揚げたいい香りが外まで漂ってきている。

「いらっしゃいませ。……あ、こんにちは」

「どうも。二人なんだけど、席あります？」

「はい、ちょうど奥の席が空いてますよ」

二十五歳前後の見習いコックらしい青年が、二人を奥の席へと案内した。

厨房《ちゅうぼう》はガラス張りになっており、そこでは口髭の生えた初老の男性がフライパンを握っている。香ばしい香りに、腹の虫がにわかに騒ぎ始めた。見ると、カウンターに座っていた女性の二人連れが、揃《そろ》ってキノコのクリームパスタを食べている。

席に案内されると、上月は早速メニューを開いた。

「ここのイタリアンは美味しいよ。ボリュームもあるし、よく大勢で来て取り分けて食べるんだ。嫌いなものとかある？」

「いえ」

「まずサラダから選ぼうか。何がいい？」

「上月さんのお勧めの物で……」

「じゃあ、適当に注文してもいいかな」

上月は、生ハムのサラダを選び、パスタは茄子《なす》とベーコンのトマトソース、そしてブロッコリーとサーモンのクリームソースを注文した。

「ここはデキャンタも美味しいんだけど、まだ未成年だからね。成人したらまた連れてきてあげるよ」

「ありがとうございます。でも、どうしてこんなに親切にしてくれるんですか？」

「美味しいものをご馳走《ちそう》するのって、好きなんだ。一人で食べるより楽しいし」

「そうじゃなくて、お忙しいのに僕の家のことで相談に乗ってくれるなんて。今日だって日曜日なのに仕事されてるんですよね。弁護士の先生って、本当は相談するだけでお金がかかるものでしょう？」

「う～ん、どうしてだろ」

上月は、記憶を辿るように視線を横に向けた。

後ろに見えるガラス張りの厨房では、手際よくいろんな食材が次々と美味しそうなイタリアンへと生まれ変わっていく。時折、フライパンから炎が上がり、その度にいい香りが漂ってきた。

「気になった。それしか言いようがないな」

「え……」

「最初はね、傷だらけの君に目が留まったんだ。やっぱり目立つよね。でも周りは慣れたふうだった。それに違和感を抱いてたんだけど、数日してわかったよ。毎日のように新しい傷ができてる。だからみんな傷だらけの君がいても、気にしない。日常の一部になってる」

「だから、DVだってわかったんですか？」

「まぁ、そうだね」

隣のカップルのもとへ、食後のデザートが運ばれてきた。チラリと見ただけだが、若い女性が喜びそうな華やかな飾りつけだ。

桜や桃子も、家事や兄弟たちの世話に追われずに、休日ごとにこんな店でデートをする余裕があればいいのに——恨めしげな顔になる自分を戒《いまし》め、上月に視線を戻す。

「それに、君って不思議なんだよね。こう……痛々しいんだけど、綺麗な子だなって思ってしまったんだ。不謹慎だけど」

上月の言葉に、曖昧《あいまい》な表情を浮かべるしかなかった。これまでも下心を持った男たちに何度も言い寄られてきたし、外見を称賛されることには慣れているのに、上月はどこか違う。

この流れなら、早速肉体関係を匂《にお》わせて相手が喰らいつく餌をまくところだが、なぜかいつものようにできない。

「僕は、自分の外見は好きじゃないです」

陸は、つい本音を漏らしてしまっていた。

こういう話をしても仕方がないというのに、なぜ余計なことを言ったのだろうと後悔する。だが、一度切り出すと途中で話をやめるわけにはいかず、次の言葉を待っている上月をチラリと見て、俯いたまま続けた。

「上月さんのほうが、カッコイイじゃないですか。背も高いし、外国人っぽくって男らしい顔つきだし、僕なんてなよなよしてて、この顔でいい思いをしたことなんてないです」

「そうかな。君みたいな顔のほうが僕は好きだな。男とか女とか関係なくね。電車の窓から入ってくる朝日を浴びてる姿なんて、随分サマになってたよ。なんかこう……孤高な感じがして。君って、あんまり人を信用しないだろ？」

他人を信用していないというのは、当たっていた。それは、自分が人を騙しているからだ。いい人ぶるのは、難しいことではない。

だから他人はすぐに信用しない。他人を頼らない。当然のことだ。

「人を寄せつけない雰囲気にね、惹《ひ》かれたんだ。どうしてそんなに、他人を拒絶しているんだろうって。僕が見てることにも気づいてたよね」

「……っ」

「でも、わざと知らん顔してた。なんだかね、そんな君を見てたら、どうしても話しかけたくなって。こんなことは初めてだ」

頬杖をついて、陸の顔を鑑賞するように見ながら優しく微笑む上月に、言葉を奪われる。

電車の中の陸の様子を語る上月は、まるで美術品でも眺めるような目をしていた。そこに性的なものは、まったく感じられない。気持ちそのままに、美を称賛しているだけである。

今まで陸に言い寄ってきた男たちと上月の根本的な違いが、そこにはあった。余裕とでもいうのだろうか。

女神を崇《あが》めるような台詞《せりふ》には、『隙《すき》あらば』というガッガツしたものがない。

(でも、結局男相手に言ってるんだ。ただの変態には変わりねぇじゃねぇか……)

顔が火照《ほて》って治まらないのを、そんな悪態でなんとかしようとする。

「他人を寄せつけないなんてことは、ないです。現にこうして、会って二度目の上月さんに、お昼を奢ってもらってるわけだし」

「でも、僕を信用してはいないだろ?」

図星をさされ、また返答に困る。

上月は、陸が困ることばかり言う男だった。

いつも斜《しゃ》に構え、親切だの思いやりだのを鼻で嗤《わら》っているような陸から、攻撃的な気持ちを削《そ》いでしまうのだ。あまりに警戒心がなさすぎて、騙そうとしている陸のほうが戸惑ってしまう。

「お待たせしました。生ハムのサラダでございます」

タイミングよく料理が運ばれてきて、どう答えようかと迷っていた陸は、話を中断させられて少しホッとした。

「じゃあ、食べようか」

上月はサラダ用のフォークとスプーンを片手で器用に操り、陸のぶんも取り分けてくれた。オリーヴやオニオンの利いた自家製ドレッシングはあっさりとしていて、野菜があまり好きではない陸でも食が進む。

すぐにパスタも運ばれてきたが、こちらも絶品だった。

「どう？」

「はい、美味しいです」

「それならよかった。美味しい物を作れる人ってすごいよね。尊敬するよ」

そう言って食事をする上月は、本当に幸せそうな顔をしている。

(騙されてんのに、馬鹿な奴……)

調子を崩され、いつものようにコトが運べないことに戸惑いながら、陸は上月に対する警戒心をいっそう強くするのだった。


上月と会うようになってから、ひと月が過ぎていた。弁護士という仕事がら多忙な日々を送っているようだが、それでも陸のために頻繁《ひんぱん》に時間を作ってくれる。

今、上月は陸にとって得体《えたい》の知れない相手となっていた。

あるはずの下心が、まだ見えない。欲望の片鱗《へんりん》も、計算も、何も見えてこないのだ。陸を絶賛することはしても、躰を求める様子は微塵《みじん》も感じさせない。

見返りを要求せずに他人にあそこまで親身になろうとするなんて、どうかしているとしか思えなかった。これまで騙してきた男たちとは、まったく違う。

「ねぇ、陸。あなた、このところ誰と会ってるの？」

畳に寝そべっている陸の隣では、桜が洗濯物を畳んでおり、その横には年代物のベビーベッドが置いてあった。もちろん、中にいるのは置き去りにされた乳飲み子だ。琴美はまだ帰ってこないというのに、ゴキゲンな様子で手足をばたつかせている。

しかも、母親が男と逃げたという努も、すっかり居ついてしまっていた。こういうことは行政に任せればいいのに、なぜか父親も姉も、当たり前のように世話をするのだ。「そのうち引き取りに来るわよ」なんて悠長なことを言っているのも変だ。

それを許している陸も陸だが……。

「また変なことを企んでるんじゃないでしょうね」

さすが長女だ。陸の性格をしっかりと把握している。

「別に企んでなんかねぇよ」

言いながら「どの口が……」と自分に突っ込みを入れた。

（だけど、何モンなんだ。あいつ……）

こんなに面倒な相手ならカモにするんじゃなかったと後悔したりもしたが、同時に上月の顔を怒りで満たしてやりたいという思いもあってズルズルと会い続けている。あまりに紳士的すぎて却って反発心が湧《わ》き、本当に他の男たちと違うのか確かめてやりたくなるのだ。

それとなく躰の関係を匂わせても今までの男たちのように喰いつこうとしないが、信用していいということにはならない。

今はまだ本性を見せていないだけということは、十分考えられるのだから……。

「あら、空、お帰りなさい。帰ったら挨拶《あいさつ》しないとダメよ」

起き上がると、三日ぶりに帰ってきた空が階段を上るところで、「よっ」と小さく言って二人に軽く手を挙《あ》げた。

以前、ヤンキーを逆カツアゲして警察に捕まって以来、何かと外泊が多い。

空はコンビニ前にたむろしているヤンキーを苛《いじ》めるのが趣味で、昔からよく警察のお世話になっていた。陸と性格がよく似ているため、『陸2号』とも呼ばれている。

絶対敵《かな》いっこない父親との衝突を避ける要領のよさが、二人の違うところだ。

「てめぇ、何コソコソ帰ってきてんだよ」

「別にコソコソなんてしてねーよ。あ、兄貴また親父と派手に喧嘩したな。すげー痣。冷やしとけよ」

空はこちらに背中を向けたまま、二階に上がろうとした。どうも様子がおかしい。何かを隠し持っているのは明白だ。

(何が『冷やしとけよ』だ。騙されねぇぞ)

空は大の動物好きで、よく犬やら猫やらを拾ってくる。特に猫なんか段ボールに五、六匹入っているのをそのまま持ち帰ってくることもあり、これまで何匹の猫を保護してきたことか。

すぐさま追いかけ、階段の途中で捕まえる。

「空、お前何拾ってきた」

ギク、といった感じで立ち止まり、恐る恐る振り返る。

案の定、腕に抱えているのは、三匹の小さな猫だ。もう耳は立っているが、十分片手に乗る大きさだ。黒キジが一匹と茶トラが二匹。もぞもぞと動いている。

「てめぇ、また拾ってきやがったな！」

「ひ、拾ってきて悪いかよ」

「悪いに決まってんだろうが！　うちにペットなんて飼う余裕なんてあると思ってんのか。避妊手術だって金かかるんだぞ」

「でも、センターに連れてったら、殺されるんだぜ。知ってるか、安楽死じゃなくて炭酸ガスで殺すんだってよ。サイテーだよ」

「んなこたぁ、わかってるんだよ。っつか、猫の心配より自分らの生活を心配しろ」

「兄貴の人でなし！」

「うるせーっ、でかい口叩くんじゃねぇ。さっさとそいつらを捨てて……」

言いかけた時、目の前に子猫を差し出された。陸の手にちょこんと乗せられた子猫は、うるうるとした瞳で陸を見上げて「んにゃ～」と鳴く。

（く、くそ……）

こんなつぶらな瞳で見つめられたら、たまらない。小さいが、一つの立派な命だ。ピンクの肉球やヒゲのつけ根は殺人的に可愛い。

実を言うと、陸も結構動物好きだ。

「なぁ、猫飼っていいだろ？　新しい飼い主が見つかるまでだって。避妊手術と躾をすりゃあ、貰い手見つかるって。前もそうだったじゃん。健康診断もしてもらってさ」

懇願する空にほだされたというより、目の前で震える子猫にやられた。これを元の場所に置いてこいと言える人間なんてそういない。

「じゃあ、またあの獣医脅してみっか」

そう言いながらも、思い出しているのは上月の顔だった。

あの慈悲深い男なら、捨て猫の二、三匹は飼ってくれるんじゃないかと思ったのだ。

しかし、その思いは冷静に現実を見る自分にすぐに否定されてしまう。

どうせ、聞いたこともないような血統書つきの猫しか飼わないだろう。いや、ほっそりとスタイルのいい洋犬に違いない。毛足が長く、毎週のようにトリマーとやらに毛や爪の手入れをさせる横着《おうちゃく》な犬だ。

完璧《かんぺき》に貧乏人のひがみである。

（あいつを頼ろうなんて、馬鹿馬鹿しい）

お金以外のことで、他人を頼ったことはないというのに、どうして上月の顔が浮かんだのか不思議だった。そして、不愉快だった。

「どうしたんだよ、兄貴」

「……別に」

陸はそう言うと、さっそくカモにたかりに行こうと、計画を練るのだった。


その日の週末、陸は空とともに拾った子猫を連れて出かけた。

志垣《しがき》動物病院。

ここは、空がよく足を運ぶところだ。二十七、八歳の若い獣医と三人の衛生看護師。

外観は動物病院というより、カフェという印象だ。大きく取られた窓からは、太陽の光がたっぷりと降り注いでいる。

「あら、空君いらっしゃい。久し振りね」

「今日はお兄さんも一緒なの？」

陸や空の本性を知らない彼女たちは、笑顔で二人を迎えた。腕に抱えた子猫を見て、また心優しい少年がここの院長を頼ってきたのだと思ったらしい。

「せんせ～、空君見えてますよ～」

看護師が声をかけると、中から顔をこわばらせたメガネの男が出てくる。顔の造りはまぁまぁだが、気が弱いところがあり、いつもおどおどしている。この若さで自分の病院を持つなんてなかなかの男だと最初は思ったが、どうやら親に金を出してもらったらしい。

志垣は看護師たちに奥へ戻るよう言ってから、カウンターの中に立った。

「こ、こんにちは。今日はなんでしょう?」

「猫拾ったんだけど〜」

それを聞くなり、志垣が少し抑えた声できっぱりと言う。

「か、帰ってくれ」

決死の思いで言ってやった、という顔だった。この気弱な先生にしてみれば、頑張ったほうだ。だが、陸たちを追い返すにはまだまだである。

「そんなこと言っていいの? なぁ、先生。あんた、こいつに告白したんだって?」

陸は空の頭に手を置き、志垣にニヤリと笑いかけた。

「だから何度も言ったじゃないですか。誤解なんです。双子の妹さんと、間違えて」

「でもなぁ、妹も十六なんだよな。それって犯罪じゃねーの?」

「僕はそんなつもりで告白したわけじゃぁ……ただ、想いを告げられればいいって」

「そんなつもりはなくても、世間がどう言うかなぁ。それになぁ、空は男に告白されてどうしようかって悩んだってーのに『間違えました』なんてよく言えんな。あんた、俺の弟を馬鹿にしてんのか?」

カウンターに肘《ひじ》をつき、タバコを咥えて火をつけると、その煙を志垣に吹きかける。

チンピラそのものだ。

「避妊手術代ねーんだけど、可愛い弟が猫飼いてぇって言うんだよ。先生、どうしたらいいかなぁ。病気の検査とかさ、動物はいろいろ金かかるだろ？　でもうち貧乏でさぁ」

身を乗り出し、さらにタバコを吸ってその煙をすぱーっと吐いてやった。煙たそうに顔をしかめる志垣を見て、さらに調子に乗る。

「先生に間違ってコクられた心の傷を、動物が癒してくれると思うんだ。なぁ、先生」

「うう……っ」

「こいつはさ、すごく繊細なんだよ。半年経った今でも、トラウマを抱えてるわけ」

言い方は極力優しく。それが、脅しのテクニックだ。大きな声で怒鳴ってはいけない。優しく。優しく。あくまでも優しくだ。

猫撫で声でされる脅迫ほど、恐ろしいものはない。

「困っちゃったなぁ。空の心の傷は、やっぱカウンセリングにでも行って……」

「わ、わかりました。避妊手術ができる時期になったら、む、無料でさせて頂きます」

その言葉を聞くなり、陸は手のひらを返したように表情を変えて志垣の肩を叩いた。

「あ、ほんと？　先生いい人だね。やー、やっぱ先生なんて呼ばれる人たちは違うね。ボランティア精神は大事だもんな。愛は地球を救うよなぁ。空。じゃああとは頼んだぞ」

「りょうか～い」

空を置いて踵《きびす》を返すと、空がカウンターに飛び乗るようにして座り、志垣を脅し始める。猫の餌まで要求している声がして、さすが俺の弟だと感心して病院を出ようとした。

しかし、そうは問屋がおろさない。

「あ……」

出入り口のドアが開いたかと思うと、キャリーバッグを持った男が入ってきた。

背の高い、目鼻立ちのはっきりとした男前。

上月だ。

「あ、ちょうどよかった！　上月っ、助けてくれ。この人たちなんだよ、この前話してた、僕をよく脅迫する人たちだよっ」

地獄に仏とばかりに、上ずった声で志垣が助けを求める。

（し、知り合いか……）

冷や汗が、陸の額に滲んだ。なんとかこの場を誤魔化《ごまか》さなければ、ここ一ヵ月、上月の前で猫を被っていた努力が台なしだ。

「前に話しただろ。兄弟でたかりに来るんだ。餌やら避妊手術やら、予防接種やら」

「ああ、あの子沢山の家のこと？　じゃあ、極悪人の長男っていうのは……」

「そうだよ、そいつだよ！」

志垣の人差し指が、陸を指していた。ここまでされれば、誤魔化しようがない。

完全にバレてしまった。

こうなるとジタバタする気も失せ、陸はニヤリと笑って上月を見上げると、ありがちな台詞を

休診日のお知らせ

口にした。

「バレちゃあ仕方ねぇな」

そう言ってもう一度カウンターに戻り、肘をついて身を乗り出すと、やくざさながらに脅してやる。

「先生。せっかくの俺のカモだったのに、正体バラしやがって、覚えてろよ」

「そ、それは脅迫って言うんだ！」

心強い味方が現れたせいか、先ほどより明らかに強気で反論してくる。チンピラそのものの陸に、こんな態度を取ったのは初めてだ。

陸の本当の姿を知った上月は、ポカンとしたまま半信半疑で陸に聞いた。

「君は本当に志垣を脅そうと……？」

「ああ、そうだよ。こいつが俺の弟に告白しやがったんで、ちょっと反省してもらおうと思ってな」

「違うっ、誤解だっ。僕は、妹の桃子さんと間違って……」

「どっちだって相手が十六ってことに変わりねーんだよ、このロリコン野郎が！」

志垣の胸倉を摑み、眉間にシワを寄せて額と額を突き合わせた。

さて、どんな罵りの言葉が出るか。

こうなると、騙されたと知った上月の反応が楽しみになってくる。

しかし、上月の口から出たのは、予想だにしない言葉だった。

「志垣。確かに、お前が悪い」

一瞬、そこにいる全員が自分の耳を疑った。

「こ、上月っ。僕を見捨てるのかっ」

「お前、昔からちょっとそういう趣味っぽかったもんな。まぁ、脅迫されても仕方ないと思うよ。あはは……」

自分の友人が、チンピラのような兄弟に脅されているというのに、能天気な上月に面喰らった。

(な、なんだ、こいつ……)

志垣と一緒になって怒り出すのかと思いきや、どうも陸たちに味方しているようなのである。

「まぁ、そういうことだから、子猫が避妊手術できるようになったら、ちゃんとやってあげるんだよ」

「上月ぃ～」

「なー、餌も分けて欲しいんだけど?」

空がここぞとばかりに上月に訴えた。

「……だってさ。どうせ餌の在庫は沢山あるんだろ? 分けてあげなよ」

「ひどいっ、上月ひどいよっ」

「ちょっとくらい、いいじゃないか。ケチ」

「君はどっちの味方なんだ。上月っ」

「そんなこと言ったって、自業自得だろ」

志垣は、天国から地獄へ再び突き落とされた顔をしている。今にも泣きそうだ。

「おい、俺らの味方しても、俺はあんたなんか……」

言いかけた時、上月のキャリーバッグの中から「ぶみ～」と妙な声がした。聞いたこともないような、ドスの利いた声である。

「あ、これ？　うちの猫」

上月はバッグを上に持ち上げると、それを指さしながら嬉しそうに笑った。


上月のペットを診察してもらったあと、陸は空を先に帰らせて上月とともにペット同伴可のカフェに来ていた。ペット用のメニューには、人間でも食べられるような料理名が羅列《られつ》されており、それだけで貧乏人のひがみ根性を刺激される。

何がささみと無農薬野菜のヘルシー盛り合わせだ。何がさつまいものパンケーキだ。

陸は不機嫌を隠しもせず、上月の横で食事をしている猫にチラリと目を遣った。

（しかし、すげぇな）

ブサイクな猫だった。薄汚れた白に耳と鼻と背中に黒のブチ。目つきなんて悪いどころの話ではない。据《す》わっている。

何かに似ているなと思ったら、ヒガシの帝王シリーズで有名な梅内力《うめのうちりき》というVシネ俳優だった。

「可愛いだろ？　うちのマリエッタ」

「メ、メスか」

「避妊手術したら太っちゃってさー。でも、すごく賢いんだよ」

親馬鹿丸出しの上月を見て、呆れた。どう見てもマリエッタじゃない。この貫禄《かんろく》は陸の家の付近を束ねているボス猫に匹敵する。

いっそ組長と名づけたい。

フリルのついた花柄の涎《よだれ》かけが、似合ってないことと言ったら……。

「あ、志垣ってね、高校時代からの友達なんだ。ちょっと変わってるだろ。でも、根はいい奴なんだよ」

上月はそう言ってマリエッタの頭を撫でた。

周りはお洒落《しゃれ》な洋服を着た犬が多いからか、マリエッタがやたら浮いている。高さのある猫用の椅子《いす》に座り、高級食材をもりもりと食べているのだ。

「な、あんた俺になんか言うことねぇの？」

さっきからいつもと同じ態度で接してくる上月に、陸はわざと横柄《おうへい》な態度を取った。

咥えタバコに不貞腐《ふてくさ》れた態度。椅子に浅く座り、背もたれに背中を預けて横着に座っている。半分、当てつけでもあった。

いつまでも、幻想を見てもらっては困る。

「今までの俺は全部嘘。ＤＶとか言ってたけど、クソ親父とよく殴り合いするからだよ」

「そうだったのか」

「そーいうことだからさ。俺、もうあんたとは会わない。会いたくもねーだろうけど」

タバコを灰皿に押しつけて立ち上がるが、上月はテーブルに置いた陸の手に自分の手を重ねるようにして握ってくる。ぎょっとして見下ろすと、真剣な眼差しを注がれているのに気づく。

目線の位置がいつもと逆だが、やはり上月はいつ見ても整った顔をしていた。

「どうしてだい？　僕はこれからも会いたいな」

「俺の正体わかっただろ？　あんたがイメージしてる、手を差し伸べたくなるような薄幸のDV被害者じゃねーの。好き勝手想像すんのは自由だけど、ただのあばずれだよ」

「あばずれ、ね……」

クス、と笑う上月に、馬鹿にされた気がした。まるで、子供のたわごとでも聞いたような顔をしている。

「何笑ってんだよ」

「ごめん。あばずれって言うほど、世間ズレしてるのかなって思ってさ」

「んだと？」

挑戦的に言ったが、上月は怯《ひる》むどころかおもむろに立ち上がって陸に躰を密着させてから耳元で囁《ささや》く。

「君は、本当に世間ズレなんてしてるのかい？」

ハッとなって顔を上げたが、それがいけなかった。かなり近い位置から、上月が自分を見下ろしている。このまま抱き締められるのではと思い、ゴク、と無意識に喉《のど》を上下させた。

近くの席に座っていた若奥様ふうの集団が、驚いたように陸たちを盗み見している。

「僕も白状するよ。一目惚《ひとめぼ》れなんだ」

周りに聞こえないよう極力声を抑え、囁くように自分の気持ちを口にする上月は、やたらとエロティックだった。注がれる熱い視線は、言葉で「好きだ」と言われるより雄弁に陸に対する好意を語っている。目を逸らしたくても、できない。

このまま、唇を奪われるのではないかとすら思った。

「最初は傷だらけの君に興味が湧いた。どうしていつも傷だらけなんだろうって。守ってやりたいって思った。でも今は違う。君みたいな人は、初めてだ。また会えるかな？」

恥ずかしげもなくハリウッドスターのような告白をする上月に、喉の渇きを覚える。

「お、俺はあんたの金目当てなんだけど？」

「それなら、僕も都合がいい」

「どういう、ことだよ？」

「僕も下心があるから、おあいこってこと」

その言葉に、ようやく上月の本性を見せられた気がして頭に血が上る。

「結局目的はそれかよ」

「下心がないなんて、僕はひとことも言ってない」

「う……」

確かにそうだ。自分が勝手に、上月は欲望でギラついた他の男と違うと思っていただけで、上月は見返りなんて求めてないとは言わなかった。具体的に提示もしなかったが……。

「援助する代わりに躰を差し出させようなんて思ってなかったけど、好きになった人の気を引こうと思うのは、当然のことだろ？」

もっともすぎる言い分に、ぐうの音《ね》も出ず、黙りこくる。

「それに君の本性を知ったら、もっと好きになった。薄幸の美少年よりも、触れようとしただけで刃向かってくる君のほうが、スリリングで魅力的だ」

呆気《あっけ》にとられずにはいられなかった。このアホは何を言い出すのかと、頭の中はパニック状態だ。

「も、ものめずらしいだけじゃねぇの？」

はっ、と鼻で嗤い、睨み上げるが、上月は怯まない。プロポーズでもするかのように、陸の手を握ってもう一度耳元で熱く囁く。

「君ともっと親しくなりたいな」

マリエッタが空になった皿を一心不乱に舐《な》めているのを見ながら、なぜこんな台詞を聞かされているんだと目眩《めまい》を覚えた。

だが、ガラにもなくときめきに似た思いを抱いているのは紛れもない事実だ。躊躇なく、自分の好意をはっきり口にするなんて、陸にはできない。

（アホか、こいつは……）

焦りのせいか、手が微《かす》かに汗ばんでいた。

「僕をたらし込んで金を巻き上げたいなら、そうすればいい。僕は君を口説いて落とすから。今度、僕とデートしてくれるかい？」

妙にいやらしい言い方だと思った。いや、今まで自分に言い寄ってきた男のいやらしさとは違う。セクシーなのだ。

男が男に「僕とデートしてくれるかい？」なんて聞かれて恥ずかしがるのも、どうかしている。混乱しながらも、上月のペースにだけは巻き込まれてなるものかと、優しく自分を見下ろす男に凄んでみせた。

「いいけど、後悔すんなよ」

幻滅させてやる――。

陸は自分を奮い立たせるように心の中で誓い、後日、日にちを打ち合わせることにしてその場をあとにした。


デートの日がやってきた。

その日は、見事なまでに秋晴れの空が広がっており、穏やかな天気に恵まれた。家族連れの姿も多く、ニュースでも深く色づいた山あいの景色にスポットを当てている。

「おい、お前ら行儀よく座ってろよ」

陸はこのデートを滅茶苦茶《めちゃくちゃ》にするため、惣流家のやんちゃ坊主たちとおむつをしたお姫様、そして小さな居候を連れてきた。まだミルクしか飲めない琴美の子供は、残念ながら桜とお留守番だ。

ファミリーレストランに入るとテーブルを寄せてもらい、陸、楓、月、空、そしてその向かい側に太陽、大地、山内さん家の努、上月の並びで座らせる。

陸はしめしめとほくそ笑みながら、心の中で自分の目的を反芻《はんすう》した——たかってやる。

上月には嫌われるし、みんな揃ってお腹いっぱいだ。一石二鳥とはこのことである。

(さっさと音をあげろよ、お坊ちゃま)

いいとこ育ちのボンボンが、この状況にいつまで耐えられるか、見物である。

「お前らー、今日はこのにーちゃんの奢りだからなー。好きなだけ喰えよ」

「じゃあ俺、ステーキ喰お〜」

「僕、お子様ランチー」

「僕も〜」

全員が選び終えると、陸は普段はできない贅沢《ぜいたく》をさせてやろうと、サラダバーとスープバーもつけ、フリードリンクもおまけしてやった。ざまぁみろだ。

ふふん、と得意げに笑い、挑発してやる。

「昼飯がファミレスでご不満ですか〜?」

「そんなことないよ。君の大事な家族と会えて嬉しいよ」

上月は笑いながら言ったが、陸には冷めた気持ちしか湧かない。口ではなんとでも言えるというのは、幾度となく思い知らされてきたことだ。

（痩《や》せ我慢しやがって……）

これまでも、たぶらかした男を楓や月に会わせたことはあった。そうすると、どんなに取り繕っていてもボロが出てくる。

どの男も、涎やチョコレートでべたべたの手で洋服に触る弟たちに眉をひそめた。可愛い弟だね——口ではそう言いながら、弟たちに向ける目は汚い物に向けるそれだった。

確かに、子供は汚い。

食べ物はすぐ零《こぼ》すし、時には食事中でさえおしっこを漏らすこともある。

だから、汚いことをした時は汚いと言っていいのだ。汚すなと教え、次から行儀よく食べるように言う。そして、言ってもわからないほど小さな子は、大人が綺麗にしてやればいい。それだけのことだ。

（いつまで澄ました顔でいられるか、見物だな）

陸は、上月の化けの皮が剝がれるのを今か今かと待ち構えていた。少しでも顔をしかめようものなら、軽蔑《けいべつ》の眼差しを注いでやろうと思っていた。

だが、その瞬間がいつまでもやってこない。

「あー、もうしょうがないなー。ほら、口を拭《ふ》いて。汚しちゃダメだよ」

上月は、楽しそうに陸の弟たちの世話をしていた。いつもは大人だが、今日は子供っぽく見える。子供と同じ目線になって話しているからかもしれない。

楓が意味の通じにくい言葉で一生懸命喋りかけると、陸でも半分くらいしかわからないというのに、それでも聞き取れる部分だけで内容を想像して「うんうん」と頷いているのだ。そして、時折質問を投げかけたりする。

「なー、上月さーん。俺、デザートにパフェ追加していい？」

「いいよ。ところで猫は元気？」

「ああ、元気元気。飯もよく喰うし」

「志垣は根は悪い奴じゃないからさ、あんまり苛めないでやってよ」

「でも、あいつがいないと予防接種とかできねーんだよな」

「あ、それはタダでやってもらっちゃっていいから」

一体どっちの味方なのやら。

弁護士のくせに、友人を脅迫してきた相手を諫《いさ》めるどころか容認してしまっている。

「兄貴。上月さん、いい人じゃん」

空が、月と楓の上からそっと耳打ちした。

「騙されてんだよ」

頼りにならない空を、ジロリと睨む。

上月の本性を暴いてやろうかと思ったが、逆効果だった。みんなすっかり餌付《えづ》けされ、食事が終わる頃には『上月のお兄ちゃんはいい人だ』とインプットされている。

（なんでこうなるんだ……）

　完全に陸の敗北だった。

　せめて事前に空を自分の味方につけておくべきだったかと思ったが、今さら言っても遅い。一度がっちりハートを摑まれると、それを崩すのは難しい。

　それから陸たちは動物園に行きたいと言う大地と太陽のリクエストに応え、レンタカーで少し遠出をすることにしたのだが、上月はここでもいいお兄ちゃんぶりを発揮してくれた。

　ふれあい広場でカピバラを怖がる月を抱き上げ、わんわん王国では、ブルドックを連れてみんなで園内を歩いて回った。疲れた楓にいち早く気づいて、ぐずり出す前におんぶしたのも、上月だった。

　陸たちが家に戻ったのは夜の七時頃で、小さな子供がいることを考えて早めに切り上げるところも、なんとも憎い。

「疲れたんじゃねぇの？」

　弟たちを家の中へ押しやると、陸は家の門の前で、送り届けてくれた上月にそう言った。

　外灯の明かりが、二人を優しく照らしている。

「うん、クタクタだよ。子供ってどうしてあんなに元気なんだろ。すごいよね」

　疲れたと言っている割に、満足げにしているのが解《げ》せなかった。今日はスポンサー兼子守として利用されただけなのに、少しも不満そうな顔をしていない。

「ねぇ。今度は、うちにおいで」

「もうガキどもの世話はうんざりか？」

「違うよ。僕の実家へ招待するって意味。君を家族に紹介したいんだ」

何を言い出すのかと、陸は質問には答えずにそっぽを向く。

「今日一日で、僕が君や君の兄弟たちに辟易《へきえき》すると思った？」

「！」

「みんなお腹いっぱい食べられて、僕には愛想を尽かされる。確かに、一石二鳥だね」

優しいが、思惑を見抜いた目に、心の奥を掻き回されているような気がした。とても危険な目だ。

「でも残念。僕はこんなことじゃ騙されないよ。嫌われるために取った行動で、人を判断しない」

上月の顔が近づいてきたかと思うと、一瞬、唇に柔らかい物が触れた。それが上月の唇だと気づいた時には、もう離れていた。

「無防備なんだね、君は」

「な、な、何しやがんだよ！」

拳《こぶし》を叩き込もうとしたが、軽やかなステップで後ろに避けられてしまう。

「自分を狙ってる危ない狼には、気をつけなきゃダメだよ。あばずれの子羊ちゃん」

「うるせー、ぶっ殺すぞ！」

怒り心頭とはこのことだ。

あははは……、と笑う上月を前に、みるみるうちに陸の顔は赤くなっていき、耳まで染まった。

（なんつー野郎だ、あのクソッタレ！）

悪態をつくが、面白がっている上月にはどんな脅しの言葉も通用しない。

しかも、中から空が陸を呼ぶ声がする。

「兄貴〜。親父帰ってるぞ！」

「あ、お父さんにご挨拶しようかな」

「何が『ご挨拶』だ。帰れ！」

「どうしてだい？」

「どうしてもだよ！」

「ご挨拶すると何か困るの？」

「う……っ」

上月が面白がっているのがわかる。陸が焦っているのを、楽しんでいるのだ。なんという極悪人だ。

「てめぇ、やっぱりいい人ぶってただけか」

「うん、僕はいい人なんかじゃないよ。お人よしの弁護士なんて、商売にならない。したたかにならないと、依頼人の利益なんて守れないんだよ。知らなかった？」

「いけしゃあしゃあと！　とっとと帰れ！」

「じゃあ、今度僕の実家に遊びに来てくれるかい？」

言いながら家のほうに視線を遣り、「でないとご挨拶しに行くよ」と脅迫めいた笑みを見せる。

(く、くそう……)

ここで負けてはいけない——そう思うが、玄関のほうからロクデナシの声がする。

「陸～、お前何やってんだ～。友達なら上がってもらえ！」

もし今、上月なんかと鉢合わせしたら何を言われるかわからない。

「ね、僕の実家においでよ。ね？」

「わかったよ！　行くよ！　行くっ！」

「じゃあ、あとで電話してくれるかい？」

「するって！」

さっさと車に乗れと背中を押す。

(今度、絶対シメてやる……)

上月の乗った車が行ってしまうのと同時に、爪楊枝《つまようじ》を咥えた不精髭が姿を現した。いつ見てもだらしのない父親だ。

「何やってんだ～？」

「うるせーな。ももひきで外に出るなよ。また桃子に怒られんぞ」

陸はズボンのポケットに手を突っ込み、赤くなった顔を見られないよう、足早に父親の横をすり抜けて家の中へ入っていった。そして、二階に上がるとふと立ち止まり、別れ際の上月を思い出す。

『無防備なんだね、君は』

育ちのいい紳士が、本人の了承もなしにあんなことをするなんて思っていなかった。だが実際は、突然唇を奪ってみせる狡《ずる》さも持っている。

迂闊《うかつ》だった。

(何が『あばずれの子羊ちゃん』だ……。フザけやがって)

微かに触れた唇の感触が蘇ってきて、陸は手の甲で乱暴に自分の唇を拭《ぬぐ》った。


その日、陸は朝から汗まみれだった。

陸が働いている『河島板金《かわしまばんきん》』では、取引先が設計した板金部品を加工するのが主な仕事だ。外壁や屋根などを扱う会社とは違い、現場に出ることはあまりなく、一日のほとんどを工場の中で過ごしている。

陸は一番下っ端のため雑用も多く、今は肉体労働の割合も多いが、CAD《キャド》で図面を引いたりレーザー加工機で裁断を行ったりする仕事が中心となっている。一人前の技術者になるために勉強に励んでいるところだ。

職人が手作りで製品を作る時代は終わったが、日々進歩する技術に置いていかれないよう最新設備に対応できる能力が不可欠で、基本が大事だ。だからこそ、職人としての技術を持つ人間から受け継がなければならないことも沢山あると言える。

「惣流。お前、また生傷増えてないか？」

「昨日親父とやり合っちゃって」

「またか」

ロッカールームで直接の指導者である森田《もりた》に声をかけられ、陸は鏡で自分の顔に残る青痣を見て苦笑いした。

森田は三十六歳になる技術者で、陸が尊敬している相手だ。若い先輩には気分屋の連中も多いが、この男にはそういったところがない。

「ところでお前、バーリングの腕上がったな。若い連中の中じゃあ、呑込みが一番早い」

「ありがとうございます」

「戸田《とだ》さんもお前を買ってるらしいから、頑張れよ」

「はい。頑張ります。それじゃあお疲れ様です」

陸は頭を下げてロッカールームを出た。

別の先輩に飲みに誘われるが、いつも通りあっさりと断る。金がないというのもあるが、今日は上月の実家へ行く日だからだ。

なぜ、自ら電話をして上月やその家族と会う約束までしてしまったのか――。

それはひとえに、電話をしないままだと家に電話をかけてきて「あ、お父さん。僕が陸君のカレシです」なんて言いそうだからだ。

あの変態なら、やりかねない。

上月をカモにしようとした自分が、どうしてこんなことになってしまったのかと、己の人選ミスを恨まずにはいられなかった。だが、もう引き返せない。

「お先に失礼しま～す」

陸は会社を出る前に事務所に声をかけると、作業着のまま上月の実家へ向かった。こんな格好の男が来れば、上月の家族は、あまりいい顔をしないだろう。

（あの野郎、今日こそ思い通りにはさせないからな）

すでに臨戦態勢だ。かかってこいとばかりに気合を入れる。

陸の仕事場から、約一時間。

上月の実家がある場所は、自然の多い和風造りの家が立ち並ぶ町だった。静かな通りを歩いていると、遠くのほうで自分に向かって手を振る男の姿に気づく。

「こっちだよ」

「これ……、あんたの家か？」

「実家だから、父の家だけどね」

上月の実家は、この町でもひと際目立つ立派な日本家屋だった。まず、門構えから違う。数寄《すき》屋《や》門と言われる高級木材を使ったもので、職人の技が生きていた。

これだけで軽く数百万はするだろう。

（マ、マジですか……）

中に一歩足を踏み入れると、そこはまったくの別世界だった。庭師が丹念に形作った庭木の美しさは芸術的で、高級料亭にでも足を踏み入れたような気分だ。

成金などではない。由緒ある家柄だというのは一目瞭《りょうぜん》然である。

「あんた、弁護士じゃなかったのか？」

「そうだけど、実家は呉服店をやってるんだよ。椿屋《つばきや》っていうんだけど、もう江戸時代から続いてる。僕は子供の頃から弁護士になるのが夢だったし、優秀な職人さんがいるから、自由にやらせてもらってるんだけど」

呉服になんて興味がない陸にとって聞いたことのない名前だったが、歴史ある呉服屋ならなおさら都合がいい。今の陸を見ていい顔をしないのは、間違いないだろう。こんなチンピラはさっさと家から叩き出せと、せっつくに違いない。

お高くとまった和服姿の婦人が、金切り声をあげる姿を想像する。

「おじゃましま～す」

陸はズボンのポケットに両手を突っ込んだまま、意気揚々《ようよう》と玄関を潜《くぐ》った。香でも焚《た》いているのか、ほんのりといい香りがする。

「あら、いらっしゃい」

ペットのマリエッタとともに出てきた上月の母親と思《おぼ》しき女性が、にこやかに陸を迎えた。一応の礼儀なのか、汚れた作業着を着ていることなど気にしない様子で、陸を中へと案内する。

「要の大事な人ね。さぁさぁ、遠慮なんかしないで入って。でも、聞いていた以上にすごい傷ね。

いつも誰と喧嘩してるの？」

「親父とです」

「あら、お父様と？　それは素敵」

何が素敵なのか――。

意外にも歓迎ムードで始まり、陸は拍子抜けした。だが、ここで気を抜いてはならないと、夫人のあとに続く。通されたのは中庭が見える座敷で、そこでは上月の妹も待ち構えており、陸はますます気合が入った。

こういう時、妹はブラコンと相場は決まっている。

「はじめまして。妹の奈央《なお》です」

「奈央は今大学生でね、君の一個上だよ」

「どうも」

気のない挨拶をして、勧められるままいかにも高級そうな座布団にあぐらをかいた。すると、マリエッタが喉を鳴らしながら躰をすり寄せてくる。

「あら。マリエッタったら、すっかり馴《な》れちゃって。やっぱりお兄様が選んだ方だわ」

「……え」

「だって、そうなんでしょう？」

そうなんでしょう、と言われても困る。ここは二人して、お育ちの悪い男がこの家の敷居を跨《また》ぐことに難色を示すところなのだ。

「心配なさらないで。私たち、お二人を応援してるんですから。ね、お母様」

「ね、奈央ちゃん」

二人は顔を見合わせて「うふふ」と笑った。

どうも雲行きが怪しい……。

上月を見ると、澄ました顔で陸を一瞥《いちべつ》するだけだ。嫌な予感を覚えずにはいられない。

それから陸は、上月の母親と妹に質問責めにされた。上月家の人間と友人になる資格のある人物であるかを身上調査しているというより、単なる興味だ。子供が今まで見たことのないものに心を奪われているのと同じで、そこに妙な感情はない。

陸の父親の話になった時も、わくわくとしながら身を乗り出してくる。

「へぇ、警備員さんなんですか？　どんなところでお仕事されてるの？」

「奈央ちゃん知らないの？　ほら、工事現場なんかで、ライトを振ってる人よ。『働くおじさん』っていう番組で見たわ～」

夫人はおもむろに立ち上がると、丸めたおしぼりを両手に持って右に左に振りながら部屋を歩き始めた。

「ほら、こうやってこう。こんなふうにライトを振って車を誘導するのよね。私もやってみたいわ」

一応誘導員の真似をしているようだが、どうみても盆踊りだ。どういう育てられ方をすれば、こんな能天気な人間ができるのだろうと不思議でならない。

奈央も、自分の膝に乗せたマリエッタの両手を持って、夫人の動きを真似てみせる。

「ごめんよ。気を悪くしないでくれ。母は箱入りで育ってるから、仕事の厳しさをわかってないんだ」

上月はそう耳打ちしたが、怒る気になどなれなかった。こんな世間知らずに、いちいち腹を立てても仕方がない。

「あら。陸さん、お紅茶のカップが空だわ。お代わりいかが？」

ティーポットを差し出され、素直にカップを前に出した――はいはい、お紅茶でもなんでも頂きますよ。

上月の家族にすっかり毒気を抜かれてしまった陸は、なぜか当初の予定から大幅に外れ、和気《わき》藹々《あいあい》とした家族団欒《だんらん》に混ざって世話をされるに任せている。

こうなったらお父様だ。お父様を敵に回すしかない。

母親と妹には期待しないことにし、その時を今か今かと待った。江戸時代から続く呉服屋の主人なら、口髭を生やした厳格な父親に違いない。いや、口髭なんかどうでもいい。厳格だ。ようは厳格であればいいのだ。

そして八時を回った頃だろうか。家政婦が主《あるじ》の帰宅を知らせにやってきた。

「お父様が帰ってきたわ！」

奈央が嬉しそうに立ち上がるのと同時に、陸にも気合が入る。

さぁ、頼むぞお父様。

そんなふうに意気込み、開いた襖《ふすま》の向こうに現れた男を挑発的な流し目で見てやった。

「ち～っす」

陸のシナリオでは、陸が浴びせられるのはこんな言葉だ——なんだ、その挨拶の仕方は。猫背であぐらをかく男なんて、すぐさま叩き出してくれるだろう。

しかし、ここでも期待していた反応は得られなかった。

「おおっ！　その包帯や眼帯はまさしく要の意中の陸君だな。話は聞いてるぞ」

「……へ？」

「こんなに怪我をして……なんてデインジャラスでエキサイティングでスリリングなんだ君はっ。それに、美人じゃないかっ！」

いきなり肩を摑まれたかと思うと、次の瞬間、陸は欧米式の挨拶をする上月の父親の胸の中にすっぽり収まっていた。

いわゆる「ハグ」というやつである。こんな国際的で友好的な挨拶など、されたことがない。

「今日は早く帰ってきてよかったよ。一緒に酒を飲もう。何？　未成年？　構わん構わん。酒は百薬の長と言うじゃないか。君とは気が合いそうな気がするよ。はーっはっはっはっはっは！」

「そ、それはどうも」

見た目は厳格だが、かなりフレンドリーだ。

窒息《ちっそく》しそうなくらいギュウギュウと抱き締められ、次第に酸素が足りなくなってくる。

「おどうさん、ぐるしい、です……」

頼みのお父様にも大歓迎されてしまった陸は、なんとかそれだけ絞り出し、ようやくその腕から解放された。


「はぁ……」

その日の夜、陸《りく》はなぜか上月《こうづき》の実家の檜《ひのき》風呂に浸かっていた。

（ったく、どういう一家なんだ）

結局、陸は上月家全員から気に入られてしまったようで、夕食をご馳走《ちそう》になった上、泊まるよう言われて根負けした。

それにしても、どこの馬の骨ともわからないような男――しかも、いかにもお育ちの悪そうな男が息子をたぶらかそうとしているというのに、この家の人間どもには危機感というものはないのかと言いたくなる。

『陸さ～ん。お湯加減いかが～？』

すりガラスの向こうから声をかけられ、陸は慌てて返事をした。

「あっ、はい。ちょうどいいです」

『そう、よかった。お着替え置いておきますからね』

「お世話かけます」

思わず礼儀正しく言ってしまう自分に気づいて情けなくなるが、上月の家族はいい人すぎて調子が狂うのだ。もしかしたら、出会ったばかりの頃の上月のように猫を被っているだけで、本当は真っ黒いものを腹に抱えているのかもしれない——そんなふうにも思ったが、どうもそれとも違う。

上月の母親と妹は、ぽわわんとしていて、お花畑にいるようだ。いや、あの二人の頭の中ではスミレやレンゲやタンポポが咲き乱れ、モンシロ蝶《ちょう》が飛んでいるに違いない。

見た目だけ厳格な父親もそうだ。恵まれすぎて、イカれてしまったとしか思えなかった。

いわゆる平和ボケというやつである。

（あいつら、おめでたすぎる……）

陸は髪を洗い、もう一度湯船で温まってから風呂場を出た。新しい下着とともに用意されていたのは、パジャマなどではなく、浴衣《ゆかた》だった。さすがに呉服屋だ。

袖《そで》を通し、腰骨のところで適当に帯を結んで、タオルで頭を拭《ふ》きながら茶の間で家族団欒《だんらん》しているところへ顔を出した。寝る前の挨拶《あいさつ》をし、上月に連れられて離れに向かう。

「僕はここを出てマンションで暮らしてるから、部屋を移されたんだ」

「へぇ、そうなのか」

「綺麗だろう？　母が愛してる庭なんだ」

美術品を見て楽しむような趣味はないが、陸の目の前に広がっているのは、陸でも思わず見入ってしまうほどの美しい光景だった。

枯山水《かれさんすい》というのだろうか。水を使わず、石、砂、樹木などで山水を表現した日本独特の庭園様式には、奥ゆかしい美が存在していた。

降り注ぐ青白い月の光が、それを幻想的に演出している。

「ほら、こっちだよ」

障子を開けると、側面に細かな彫刻がほどこされた座卓がどっしりと構えていた。その上には、女性の肉体美を連想させる白磁の徳利《とっくり》が並んでいる。

「寝る前にどう？」

まだ飲むのかと思うが、酒なんてあまり飲む機会もないため、つき合うことにする。

「前は未成年だっつって飲ませなかったくせによ……」

「そりゃあ、最初は猫を被ってたからね。君と同じだよ」

上月は、意外に酒に強い。

ぬる燗《かん》につけてある大吟醸《だいぎんじょう》は、ほんのりとした甘味が引き立ち、冷やで飲むのとはまた違った美味《おい》しさがあった。庭に降り注ぐ月光のように、柔らかで、繊細な優しさがある。

二人は、しばらく黙って杯を傾けていた。

アルコールが回ってきて、ふわふわとしてくる。

「君は、やっぱり自分で言うほどスレてなんかないね」

「なんでそーなんだよ？　買い被ってんじゃねぇよ」

「母たちへの態度でわかるよ」

上月は、陸のお猪口《ちょこ》に酒を注ぎながら優しげな目を向けてきた。じっと見つめられると、なぜかそわそわしてしまう。落ち着かない。

「そんな悠長なこと言っててていいのか？　下見して泥棒に入るかも。さっき便所に行った時、あちこち見せてもらったぜ？」

本当は家が広すぎて少し迷っていただけなのだが、このままでは自分に不利だと口からデマカセを言った。こういうのは、ハッタリでもいい。言ったもん勝ちだ。

「下見、ねぇ」

余裕の笑顔を見せる上月に、少しムッとする。嘘は上手いはずだが、相手がこの男だとどうも調子が狂うのだ。

「……なんだよ？」

「そういうことをする割には、自分に迫る危険には疎《うと》いんだね。今、自分がどんな状況下にあるかわかってるかい？」

コト、と小さな音を立ててお猪口を座卓の上に置くと、上月はにじり寄ってきた。

思わず、後ずさりをしてしまう。

「ここは離れだよ。誰も来ない」

「俺を組み敷こうってのか？」

「まさか。殴り合いじゃ君には勝てないよ。でも、君や君の弟が、志垣《しがき》を脅して猫の避妊手術をさせたことや、餌《えさ》を貰ったのは知ってる。恐喝罪と脅迫罪の成立だ」

言っている内容とは違い、微笑を口許に浮かべる上月からは、陸に対する好意が溢《あふ》れていた。愛してるよ、と囁《ささや》かれている気がして、まともに目を合わせることができない。

陸の本性を知ってもなお、こんなふうに好意をぶつけてくる相手なんか初めてで、正直戸惑っていた。能天気な家族に囲まれて育った幸せで裕福なお坊ちゃんなんて大嫌いなはずなのに、心臓がトクトクと鳴っている。

「俺を脅迫するつもりか？　あんたの友達だって、タダじゃすまねーぞ」

「あいつは、自業自得だからいいんだよ」

それは、陸が弟を犠牲にできないと知っているからこその発言だった。

陸の性格をよく見抜いている。

「あ、あんただって、今まさに俺を脅迫してんじゃゃねぇの？」

「そうだね」

平然と言ってのける上月を前に、もう何も言えなくなった。弁護士の上月に敵うはずがない。このテのことで本気で戦おうとすれば、陸なんか歯が立たないだろう。

だが、わかっていても悪あがきはしたくなるものだ。そう簡単に応じるものかと、睨《にら》みつけてやる。上月はそれを察したらしく、あと一押しとばかりに挑発した。

「僕が、怖いのかい？」

会ったばかりの頃、お父さんが怖いのかと聞いた時と同じ優しい口調だった。

「てめぇなんか怖くねぇよ」

「だったら、ちょっとくらい僕とイケナイ遊びをやってみても、平気だよね」

欲情した上月が迫ってくる様は、恐ろしくセクシーだ。男の色気とは、こういうものなのだろうかと思わされる。

陸のような、社会に出たばかりの若造とは違う。本当の大人の男の色気だ。たとえ普段の上月が紳士的で礼義をわきまえていようが、その奥底には動物的な本能がちゃんと存在している。隠されていた欲望は、普段の姿からは想像できないものだった。

「陸、君は色っぽいね。誘ってるのかい？」

上月の視線を辿《たど》ると、割れた浴衣の裾《すそ》から太腿《ふともも》が覗《のぞ》いているのに気づいた。

「……もう反応してる」

上月の長い指が、半勃《はんだ》ちになった陸の中心を下着の上から優しく撫《な》でる。ピクリと反応し、笑われてしまった。

「さ、触るな……っ」

「そのお願いは、聞けないいな」

「……っ」

指は布越しに陸の裏すじの辺りを執拗《しつよう》になぞって、それを少しずつ育てていく。

「それより、また生傷が増えてるね。膝《ひざ》に青痣《あおあざ》ができてるよ」

「本気かよ。酔ってる相手に、そーいうことするんだ？」

「酒の勢いってのもアリかなって。君は、あばずれなんだろ？　このくらいの遊び、平気なんじゃないのかい？」

陸が悪ぶって自分をあばずれと言ったことを逆手に取られ、反論する余地も奪われた。

このくらいの遊びと言われて、応じないわけにはいかない。家族に対して礼儀正しくしてしまうところを見られてしまった陸としては、ここで拒んでしまっては、自分で言うほどスレていないと証明しているようなものだ。

意地を張ってもなんの得にもならないが、そういう性格なのだから仕方がない。

八方塞《ふさ》がりである。

「あんた、さすがに弁護士だな。口が上手いじゃん」

「君を落とそうと、必死なんだよ。なりふり構ってられないんだ。……好きだよ」

上月の意外な一面を見せられたからか、イケナイ気分になってきて、息が上がる。この行為が後々自分を追いつめることになるとわかっていても、どうすることもできない。

無意識に抵抗しようとする手を、やんわりと押さえつけられた。

「好きだよ」

「嘘、つけ……」

「本当だよ。だから、最後までしない」

顔を傾けてくる上月に、つい見惚《みと》れてしまった。唇へのキスに応えようとしたが、寸前ではぐらかされる。何度かそんな戯《たわむ》れにつき合わされ、陸の欲望にも完全に火がついていた。

じれったくて仕方がない。

ようやく唇が触れた時には、自ら唇を開いて舌の侵入を許していた。

「あ……ん、……んっ」

上月のキスは、思ったより乱暴だった。傍若無人《ぼうじゃくぶじん》に口内を舐《な》め回し、唇を嚙《か》み、舌を強く吸う。痛いくらい、乱暴な愛撫《あいぶ》だ。

どうして自分がおとなしく上月なんかとキスを交わしているのか、わからなかった。こんな奴、好きじゃないのに……、と思うが、その思いに行動が伴わない。自分の中に、上月を求めるもう一人の自分が、確かにいる。

唇を離されると、吐息が耳にかかった。

「……陸」

陸は、思わずきつく目を閉じた。

(み、耳元で……、名前を呼ぶな……っ)

上月の柔らかな声が、耳朶《じだ》を舐めるように入ってくる。ぞくぞくとする声。

この声が曲者《くせもの》なのだ。

艶《つや》やかで甘いそれに、惑わされる。

「君が欲しいんだ。でも最後までしない。ちょっとだけだよ。ね?」

なんて男だと思った。

優しい言葉で懐柔《かいじゅう》し、奈落《ならく》の底に引きずり込もうとする。悪魔の囁きは甘くて優しい。悪魔が怖ければ、誰も惑わされたりしない。

「へ、変態……っ」

「自覚はあるよ」

息を上げながら自分に覆い被さる上月を、思わず受け止めた。

「う……っ」

「大丈夫。気持ちよくしてあげるだけだ。陸、……好きだよ、陸」

浴衣の裾から上月の手が入り込んできて、腿の内側をいやらしく撫でる。それは下着に伸び、陸の中心がすっかり勃ち上がっているのを確認した。

「下着から先端が覗いてるよ」

「馬鹿っ、やめろ……っ」

「僕のも握って」

お願いされ、握らされる。

上月は上手かった。

キスも愛撫も、お願いの仕方も、大人の男の狡さも、すべてが魅力的だった。いつの間にか、この行為に夢中にさせられている。

「ん……」

押しつけられる上月の猛りは、お育ちのよさなんて忘れさせられるほどあからさまな欲望の塊と化していて、陸の羞恥《しゅうち》を煽《あお》った。

金持ちだろうが育ちがよかろうが、オスはオスだ。ただの動物だ。

今さらのごとくそんなことに気づかされ、その欲望に晒《さら》されている自分はなんなのだと思ってしまう。

この状況はいったいなんなのだと……。

「ね、もっとイケナイことしよう」

冗談じゃないと撥《は》ね除《の》けようとしたが、躰《からだ》は上月の誘いに応えたがっていた。どんなイケナイことが待っているのかと、知りたがっている。

(馬鹿。やめろ……)

足を踏み出そうとする自分を戒めるが、それも上月の熱っぽい眼差しに掻《か》き消された。


「はぁ……っ、……あぁ」

整わない陸の吐息が、静まり返った部屋の空気を揺らしていた。離れの静けさのせいか、吐息がやけに耳につく。

(嘘、だろ……)

今、陸は畳の上にうつ伏せにされ、膝をぴったりと閉じた状態で太腿の間に上月の猛りを挟まされていた。両肩を畳に押しつけたような格好で、完全に組み敷かれてしまっている。右手首を押さえられているが、動かそうとしてもビクともせず、力の差を見せつけられた気になった。畳に直《じか》に膝をついているため、擦れて痛い。

殴り合いなら負けないのに、なぜこんなことになってしまったのか——。

素股なんて、女にしてもらったことはあっても、男にしてやったことはない。あそこに上月の太さを感じながら、自分も獣のように息を上げているのが、不思議だった。

(なん、で……)

上月はゆっくりと腰を前後に動かし、陸の躰を揺すっていた。セックスをしているのと同じだ。挿入されていないだけで、身も心もこの男の下に組み敷かれ、支配されている。

「ぁ……、ぁぁ……、ん……っ」

裏すじに上月の先端が当たり、もどかしさに躰を震わせた。もっとはっきりとした刺激が欲しいと、若い躰が訴える。

「陸、挿《い》れたい」

うなじに噛みつかれて、小さく悲鳴をあげる。痛みに、肌が応えていた。先ほど、上月を求めていたもう一人の自分は、今度はもっと噛んでくれと、痛みを欲しがっている。

こんな被虐《ひぎゃく》的な嗜好《しこう》があったなんて……、と戸惑わずにはいられなかった。

信じられない。

「でも、挿れないよ。……君が自分から挿れて欲しいって言うまで、挿れない」

「じゃあ、……っ、一生、無理、……だ」

「挿れて欲しくなったら、ちゃんと言うんだよ」

「一生無理だっつって……、――あ……っ」

「本当かな？」

耳元で荒っぽい上月の吐息を聞かされていると、自分の言葉がただの虚勢のように思えてならなかった。

上月は、何度も陸のうなじや首筋、そして肩に噛みついた。歯を立てられるたびに下半身が熱くなり、先端から透明な蜜が溢れてくる。女でもないのにこんなに濡《ぬ》らして、自分はどうなってしまったんだろうと思わずにはいられない。

「濡れてるから、恥ずかしい？」

耳を塞ぎたくなる言葉だった。

男のくせに「濡れてる」なんて指摘されるなんて、屈辱以外の何物でもなかった。しかも、上月はズボンをくつろげているだけだというのに、陸だけが浴衣を乱し、肌を晒しているのもいけない。

自分一人だけ発情しているようで、先走る躰を宥《なだ》めようとするが、どうしてもできない。

「気持ちいいのかい？」

「だ、誰が……っ」

上月の声に目眩《めまい》を起こした。

柔らかな声のトーン。紳士的で優しい言葉の使い方。言い回し。

それに反して、自分の腿に挟んでいる上月自身の猛々しさがやけに生々しくて、卑猥《ひわい》な腰の動

きも手伝い、陸は押し寄せる愉悦の波に呑《の》まれていた。

ここから抜け出そうと必死でもがくが、酸素を求めて開いた口から入り込んでくるのは、身も心も蕩《とろ》けるような甘露だ。飲んではいけないとわかっているのに、いつの間にか一滴も零《こぼ》さぬよう自ら舌を出して求めている。

そんな浅ましさを自分の中に見つけ、持て余す。

「陸」

はだけかけた浴衣の合わせから手を差し入れられたかと思うと、胸の突起を指で探られた。

「んぁ……っ！」

「勃ってるね。感じちゃった？」

陸は恥ずかしさのあまり唇を噛んだ。敏感になった躰は、上月の思うままに反応してみせる。

そんなところが感じるなんて、信じられない。

「イきそうなのかい？」

「ぁ……っ、はぁ……、あぁ……っ」

「イッていいよ」

自分を見失いそうだった。与えられた媚薬《びやく》の虜《とりこ》になり、這《は》いつくばって己の弱点を晒している。

きつく摘まれ、痛いくらい指で突起をいじられた。

「あっ！」

そこを解放されてもジンジンとした痛みが残り、反対側も同じように攻められ、小刻みに息が漏《も》れる。

「僕も、君の躰に僕の痕《あと》を残したい。でも、殴ったりしないよ。僕のやり方で残す」

上月はそう言い、所有権を誇示するように躰中にキスマークや歯型をつけていく。

「馬鹿……っ、やめ、ろ……っ」

我慢できず、陸は震える声で訴えた。

「……やめ、……っ、や……めろ、って……。——頼む、よ……」

勘弁してくれ……、と懇願するが、まったく聞き入れてくれない。

こんなのは、自分じゃない。よがって、泣いて、欲しがるなんて、男じゃない。

何度そう自分を叱咤《しった》しただろうか。しかし、いくらそうしたところで、自分の深いところで眠っていた女が上月を求めて目覚めていくのを、どうすることもできない。

「んぁ……っ、ぁあ……、……ぅ……っく」

「……陸」

「ぁあ……、はぁ……っ、ん……っ」

「ほら、イッていいよ」

許しなど必要なかった。我慢できず、陸は自分を組み敷く男の手に身を委《ゆだ》ねる。

「ぁ……っ、あ、……ぁあ……っ！」

下腹部を震わせ、陸は上月の手の中に白濁を放った。

「……っ、——はぁ……っ、……ぁ」

半ば放心したまま、畳の上で脱力する。敏感になった躰はいつまでも射精の余韻を感じ、息もなかなか整わなかった。

「陸、好きだよ」

耳元で熱く囁かれ、陸は自分の中で新たな欲望が目を覚ますのを感じた。

ぼんやりと上月を振り返る陸の虚《うつ》ろな目が、もう一度……、と訴えており、無自覚に誘う陸に刺激されたのか、上月はそのまま陸の唇を奪う。

「ん……っ」

上月は最後まで繋《つな》がろうとしなかったが、陸は欲しくてたまらなかった。

何が欲しいのか、どこに欲しいのか――。

はっきりしたことなどわからなかったが、ただ足りなくて、されるに任せる。

「ん、んぁ……っ、……ふ、……ぁ……ん」

部屋の外に広がる美しい庭は、時が止まったかのように静まり返っており、その中で陸があげる甘い声だけが、熱を感じさせていた。


やばい、やばい、絶対にやばい。

陸は頭を抱え、一人悶々《もんもん》としていた。上月の実家に泊まってからというもの、あの行為が頭から離れず、四六時中上月のことばかり考えていた。

上月からの連絡はすべて無視し、呼び出しにも応じないようにしているが、避ければ避けるほど、あの男のことが脳裏に蘇《よみがえ》るのだ。

カモにするはずだったのに、毒牙《どくが》にかかったのは陸のほうである。

なぜ、男である自分が、男を意識しなければならないのか。そして、あの行為をいつまでも引きずっていなければならないのか。

教えられた危ない遊びは、陸を混乱させていた。

（まさか、あいつがあんなエロ魔人だったなんて……）

普段の紳士的な態度からは、考えられない姿だ。あの男は、育ちのいい紳士の皮を被った捕食者だ。艶《つや》やかな銀色の毛をなびかせて、狡猾《こうかつ》で優雅で、知的な狩りをする。

その美しさに見惚れるあまり、逃げるチャンスを逃したのは言うまでもない。

「何を悩んでやがるんだ～？」

「うるせぇな、親父には関係ねーだろ」

楓《かえで》や月《つき》、太陽《たいよう》に加え、努《つとむ》とも一緒に風呂に入った一郎《いちろう》がやってきて、陸の頭を撫でた。

久々に髭《ひげ》を剃《そ》り、さっぱりしている。

「ちゃんと髭剃ってるなんて、めずらしいな。まさかまた目当ての女がとか言わねぇよな」

「来週から出張なんだよ」

「出張？」

「デカいイベントの警備に駆り出されるんでな。ちゃんとお利口に留守番してろよ」

十九の息子に向かって「お利口」なんて言う父親に呆《あき》れ、ジロリと睨む。

「悩みがあるなら、相談に乗るぞ」

「てめぇが相談事ができるような親かよ」

吐き捨てると、ちゃぶ台で宿題をしていた大地《だいち》が、ドリルと格闘しながら言った。

「上月のおにーちゃんに相談すれば？」

「上月？　誰だ？」

「ああ、兄貴の友達。金持ちだけど変な人でさー、この前みんなで奢《おご》ってもらったんだよ。変って言えば、琴美《ことみ》も変だよな。自分で子供置き去りにしてったくせに、泣きながら引き取りに来るなんてよ」

テレビを見ていた空《そら》が横から割り込み、さらに余計なひとことまでつけ加える。

「ってかさ、上月さんって絶対兄貴に惚《ほ》れてるよな？」

「ば……っ、ば、馬鹿なこと言うな！」

まさか、ここで暴露されるとは思っておらず、陸は慌てるあまりしどろもどろになっていた。

「なんだとぉ？　まさかそのことで悩んでるんじゃないだろうな。言い寄られてるのか」

気色ばむ一郎を見て、にわかに焦りを覚える。

「おい、なんかされなかったか！」

「されるわきゃねーだろ」

そう言いきった自分のふてぶてしさが、今は後ろめたく感じられた。

嘘です。されました。

思わず心の中で白状する。

「男のくせに、俺の大事な息子に言い寄るなんざぁ、ふてぇ野郎だ」

一郎は、本気で怒っていた。ロクデナシの父親で二人はよく殴り合いになるが、一郎の子供たちに対する愛情はかなり深い。

なんせ、もうすぐ成人する息子の唇にキスできるほどなのだから……。

「俺の息子を捕まえて『惚れた』なんて抜かす奴は、破滅させてやる。たかってやるぞ」

「やめろよ、馬鹿馬鹿しい」

「お前、まさかそいつが好きなんじゃあ」

ギクリ、となり、慌てて否定する。

「んなわけあるか、クソ親父！」

「じゃあなんで俺に黙ってた？」

「おめーが関わると、解決するもんもしねーからだよ！　自分の身は自分で守るし、落とし前だって俺は自分でつけられる」

「生意気なこと言いやがって、やんのかクソガキが」

「上等だ！」

いつものごとく、過激なコミュニケーションが始まる。

摑《つか》み合い、殴り合い、プロレス技をかけ合いながらの激しい親子喧嘩《げんか》。首にがっしりと腕を回され、そのままタンスに激突する。

陸は焦っていた。

このロクデナシにだけは、知られたくない。上月とあんなことをした挙句《あげく》、忘れられずにいるなんて絶対に知られたくない。

何度も忘れなければと自分に言い聞かせるが、そうすればするほど、紳士的な態度と限られた者だけが知ることのできる上月の動物的な一面とのギャップを思い出してしまう。

『陸、好きだよ』

熱く囁く上月の顔が脳裏に蘇り、心臓を鷲摑《わしづか》みにされたように胸が締めつけられてハッとなった。

これでは、恋だ。

今、上月に対して抱いている戸惑いは、憧《あこが》れ、恋い焦がれる相手に抱くものとなんら変わらない。身分違いの相手だぞ、と自分に言い聞かせるが、そんなことを気にしていること自体、上月に惚れている証拠としか思えなかった。

そして、一瞬の隙《すき》をつかれ、陸は後ろを取られて逆エビ固めをかけられる。

「ぐぁ……っ！」

基本的な技だが、一郎のこの技はかなり足腰に利く。バリバリと背骨が音を立て、畳を叩いてギブアップした。

「おにーちゃんが負けた〜」

勝負が決まると、やんちゃ坊主たちが乗ってきて、陸を揺さぶりながら、きゃっきゃと笑う。

「お馬さん、パッカパッカ、お馬さんっ」

陸は、畳の上にうつ伏せになったまま脱力した。

（俺は、あいつが好きなのか……）

認めたくはないが、認めざるを得ない。あの夜のことが忘れられないのも、上月のことが頭から離れないのも、全部そのせいだ。

嘘だ……、と小さく呟《つぶや》き、愕然《がくぜん》とする。

心底泣きたい気分だった。


上月とは、きっぱり縁を切ろう。

それが、悩みに悩んだ陸が出した答えだった。あのロクデナシの父親なら、本当に恐喝しかねない。子供のためなら、犯罪でも平気でやる馬鹿なのだから。そして何より、自分の心を掻き回されたくはなかった。これ以上、上月のことで悩むのはゴメンだ。

今なら、まだ引き返すことができる。

陸は、上月の横でマリエッタを抱いて笑っていた奈央《なお》に目をつけ、利用させてもらうことにした。実家での様子から、上月が家族を大事にしていることは一目瞭然《りょうぜん》だ。大事な妹に無理やり手を出そうとしたと知れば、さすがに上月も怒るだろう。

週末が来るのを待って、陸は少ない小遣いからレンタカー代を捻出《ねんしゅつ》し、上月の実家に向かった。インターホンで惣流《そうりゅう》だと名乗ると、すぐに奈央が出てくる。

「あら、陸さん」

警戒心など微塵《みじん》も持っていない彼女は、にこやかな笑顔を見せた。

「こんばんは。要《かなめ》さんはいますか？」

「いえ、兄は自分のマンションのほうに。今日はこちらには戻らないいんですよ」

当然だ。それを知っているから来たのだ。

「ごめんなさい。それに、今マンションに行っても、きっとまだ帰ってないわ」

「そっか。そうですよね。いつも忙しいって言ってるし。あの……よかったら、俺と一緒にちょっと出かけませんか？」

「え……？」

「これから要さんに会いに行きたいんだけど、帰るまで時間があるだろうし、暇潰しにつき合ってもらえないかと思って」

奈央は少し迷う素振りを見せたが、「実は一人で上月のところに行くのは照れ臭い」と言うと、快く承知してくれた。人の優しさにつけ込む自分を最低だなと思いながら、それでもやると決めたのだと、揺らぐ思いを自嘲《じちょう》の笑みで一蹴《いっしゅう》する。

「お待たせしました。行きましょう」

奈央は、いったん陸と出かけることを家族に伝えに行き、カーディガンを羽織って戻ってきた。

何も知らず、助手席に乗り込んでくるのを複雑な思いで眺《なが》めながらエンジンをかける。本当に騙《だま》されやすい人だ。

「すいません。強引に誘ってしまって」

「いいえ。私も陸さんともっと親しくなりたいもの。それより、また怪我《けが》をされてるんですね。本当にお兄様が言った通りだわ」

「親父と喧嘩はしょっちゅうだから」

「陸さんって面白い人。あ、そうだわ。何時に仕事が終わるか電話してみましょうか？」

「いきなり二人で行きませんか？　要さん、きっと驚きますよ」

「そうですね。それ、すごく楽しそう」

それから陸は奈央と一緒に食事をし、夜景の綺麗なスポットに連れていった。傍《はた》から見れば、どこにでもいるカップルだ。誰も、陸がこれから彼女を無理やり連れ回そうとしているなどと思っていないだろう。

昼間は十月上旬並みの陽気だったが、さすがにこの時期にもなると夜はぐっと気温が下がった。途中、ドライブスルーでフレーバーコーヒーを買い、さらに遠出をする。

そして、午後九時を回る頃。

「陸さん、そろそろ兄のマンションに向かいませんか？」

「もう少しいいじゃないですか」

「でも、ここからだとマンションまで行くのに、時間がかかるでしょう？」

「俺はもう少し奈央さんといたいな」

彼女は困惑した顔で陸を見た。一瞬、冗談ですよと言って計画を中止しようかという思いが頭をもたげたが、もう決めたことだと、その考えを無理やり抑え込む。

「上月さんとなんて、会ったって仕方ないよ。何が悲しくて男に会いに行かなきゃなんないの？俺、あんたと二人がいい」

彼女の表情がこわばった。ようやく、自分に危険が迫っていると悟ったようだ。

「それとも、俺みたいな育ちの悪いのとはつき合えない？」

陸はタバコに火をつけ、窓を開けて煙を外に逃がした。そして奈央に流し目を送り、ニヤリと笑う。

お兄様。

彼女の頭の中には、そんな単語が浮かんだに違いない。

「ほら、財布と携帯出せよ」

「どうして……？」

「逃げられたくねーもんな」

「冗談は……やめて」

「いいから出せよ！」

声を荒らげると、彼女の目が涙で潤んだ。半べそをかきながら、バッグの中からそれらを取り出し、陸に手渡す。

罪悪感はピークに達していた。

「どうして、こんなことするの？」

彼女の問いに、陸は心の中でだけ答えた。

上月に嫌われるためだ。どんなに罵倒しようが、本性を見せようが、「好きだよ」と平気で囁ける男に愛想を尽かされるためだ。

これ以上、上月にのめり込まないためにも嫌われなければならない。

「お高くとまってんじゃねぇよ。ちょっとつき合ってくれたっていいじゃねぇか」

寒いのか、それとも怖いのか。微かに震えているのがわかる。

陸は車の時計をチラリと見て、時間を確認した。そろそろ上月のところに、妹が帰らないと家族から連絡が行っているはずだ。陸が奈央を連れ出しているのも、わかっている。

さらに三十分ほどドライブをしたところで、ようやく陸の携帯が鳴った。

思っていた通り、上月からだ。わざと電源を切ってやり、次の段階へと計画を進める。

「ちょっと用があるから、待ってな。逃げようとしても無駄だからな。ここから駅まで遠いし、人気もないんだから」

陸は峠の山道に車を停め、彼女の携帯を車内に置き忘れたフリをして車を離れた。もちろん、こんな場所に用事なんてない。彼女が助けを呼ぶ隙を与えただけだ。

物陰に隠れ、こっそり彼女の様子を窺《うかが》う。

(何やってんだ、あのお嬢様は……)

いつまで経っても、奈央は自分の携帯の存在に気づかなかった。不安そうな表情で、震えているだけだ。次第にイライラしてきて、爪を噛みながらじっと待つ。

(そこに携帯あんだろうが。気づけよ)

陸は、心の中で何度もそう訴えた。しかし、一向に気づく気配はなく、無駄に時間を費やすだけだと、十五分過ぎたところで諦《あきら》める。

この箱入り娘は、恐怖で頭の中が真っ白なのだ。脅し文句が効きすぎたのかもしれない。

次の手を考えろ……、と自分に言い聞かせ、考えを巡らせながら車に戻り、エンジンを始動させる。

「寒くないか?」

「え……」

「風邪なんかひかれたら、面倒なんだよ」

「陸さん、お願いだから帰りましょう?」

助けて欲しいと訴える彼女の姿に、一刻も早く返してやらなければと焦りが出始めた。

「外に出たら殴るからな」

コンビニを探して駐車場に車を突っ込んだ陸は、軽く脅してから店の中へと入っていった。隙を見て逃げ出すかもしれないと思ったが、もうそれでもいい。

「すいません。頼みがあるんだけど……」

レジにいる店員に声をかけ、奈央の携帯を差し出す。

「この携帯、忘れものだって言って、ここに電話してもらえませんか?」

「は?」

「この短縮番号にかけて、携帯拾ったんですけどって、ここの場所を言ってくれりゃあいいんだけど……」

大学生くらいだろうか。バイトらしい店員は怪訝《けげん》そうな顔をした。怪我だらけで包帯や眼帯をした男に、突然こんなことを頼まれれば当然困惑もするだろう。

だが、戸惑っていたのは最初だけで、退屈しのぎのゲームにでも参加するように軽いノリで引き受けてくれると言う。

「それから、取りに来たらこれを落としていった奴が近くのキャンプ場に向かったって伝えてくんねーかな? 三十分くらいのところにあるでしょ。看板出てたけど」

「ああ、はい。知ってます。そこに行った『らしい』って言えばいいんっすね?」

察しがいい。

何がしたいのかわからないまでも、店員は二つ目の頼みも二つ返事で聞き入れてくれた。あまりノリがいいのもどうかと思うが、今の陸にはありがたい。

電話をかける先を間違わないよう、上月の短縮を確認したあと、陸は奈央のために缶のおしるこを買ってから車に戻った。

「ほら。あったまるぞ」

買ってきた物を手渡すが、奈央は一向に口をつけようとはしなかった。まさかプルトップの開け方も知らないのかと、蓋《ふた》を開けて手渡すが、それでも缶を握ったままじっとしているだけだ。

「おしるこ嫌いなのか？」

奈央は、すまなそうにコクリと頷《うなず》いた。

（ったく、女はおしるこじゃねーのかよ。姉貴や桃子《ももこ》は好きだぞ）

陸は店に戻ると、今度は温かいコーンスープを買い、ついでに先ほどの店員に声をかけた。

「ね、電話してくれた？」

「はい。すぐに取りに見えるそうですよ」

「ありがとう」

これでやっと奈央を上月のもとへ返すことができると、急いで支払いを済ませる。

外に出ると、逃げ出すことすらできずにいる彼女の姿が目に映った。ただ、困ったような顔でじっと座っている。

（ごめんな。もう少しだから……）

陸は心の中でそう言い、急いで車に乗り込んだ。

陸たちがキャンプ場近くの駐車場に着いたのは、コンビニを出てから二時間ほどが経ってからだった。ドライブがてら車を適当に流して時間を潰し、そろそろ上月が到着するだろうという頃にここに来た。

夏場なら賑《にぎ》わっている場所も、この季節は閑散としている。舗装された道路は新しく、自然は多く残されており、家族連れにはもってこいの場所だった。静かだが、溢れんばかりの月の光は生い茂る木々に降り注ぎ、その下に濃い闇を落としている。

光と闇が共存する夜は、なぜか騒がしさすら感じさせた。

(来やがったな……)

遠くのほうから、一台の車が走ってくるのが見えた。道はこの駐車場まで続いているだけで、行き止まりになっており、道に迷ったか目的地がキャンプ場でない限り通ることはない。車種が同じだということを考えると、上月だと思って間違いないだろう。

陸はヘッドレストから頭を離すと、助手席の奈央に躰を向けた。

「ね、そろそろホテルにでも入る?」

「そんな……ダメです」

「冷たくしなくていーじゃん。年下は嫌? 俺はそういうのは気にしないけど」

シートに腕をかけ、彼女に迫るフリをする。我ながらなかなかの演技だ。

その時、駐車場に滑り込んできた車が急ブレーキをかけたかと思うと、人が降りてくる音がして、車のドアが開いた。

「奈央っ！」

いいタイミングだった。

陸は車の中から引きずり出され、上月が乗ってきた車に躰を押しつけられる。

「君は何をしてるんだ」

静かだが、声には怒りが宿っていた。辛うじて、言い訳を聞く冷静さは残っているといった程度だ。こんな時間まで連れ回し、車の中で迫っているのを見たら怒りもするだろう。

陸なら自分の大事な妹に無理やり手を出そうとした男は、問答無用で半殺しだ。

理性的な態度の上月に、自分とは住む世界が違うのだということを改めて思い知らされた。男同士以前の問題だ。例えば陸が女だとしても、また、男を捨ててもいいと思うほど上月を好きになったとしても根本的な問題はクリアできない。

釣り合わないのだ。

「妹に何をしてると聞いたんだ」

「見りゃわかるだろ。俺のオンナにしようとしてたんだよ。いいとこだったのに、なんでここがわかったんだよ?」

わざと悪ぶった態度で、しらじらしい台詞《せりふ》を吐いた。

「携帯を落としただろう。拾った人が電話をくれたんだよ」

「――――チッ」

舌打ちをすると、上月が微かに眉間《みけん》にシワを寄せる。

「冗談でも、やっていいことと悪いことがある。そんなこともわからないのか？　君はそんな奴じゃないだろ」

　この期に及んで、まだそんなことを言っているのがおかしくて、いつまで人を買い被るつもりなんだと激しく苛《いら》ついた。

「勘違いしてんじゃねぇよ。俺はあんたと違って育ちが悪ぃから、そんなことすらわかんねぇんだよ。それに、俺だって金持ちのボンボンの相手はうんざりだよ。もう、そんな女どーでもいいし」

　車から出てきた奈央を一瞥《いちべつ》し、挑発的に笑ってやる。

「口を慎むんだ！」

　さすがに妹を侮辱されると、感情的になるようだ。あと一押し。

「ハッ。そんなつまんねー女、こっちから願い下げ……」

　パン、と頬が鳴った。

　平手打ちを喰《く》らったとわかるまで、数秒はかかったかもしれない。痛みというより熱に近いものが頬に残る。

「見損なったよ」

　冷たい言い方だった。上月のこんな声を聞いたのは、初めてだ。

「だから、あばずれだって言ったろ？　あんた弁護士だし、何やったって敵わねぇもんな。だけど、妹が無理やり犯されたら表立って騒げないだろ。……――っ！」

いきなり腕をねじ上げられたかと思うと、ボンネットに押さえつけられ、陸だけに聞こえるように耳元で警告する。

「君を、ここで犯してやろうか？」

「……痛……っ」

「やめて、お兄様」

ことの成り行きを黙って見守っていた奈央が、震える声で止めようとするが、上月はすぐにはやめない。

「いい考えだ。君はどうかな？　君のプライドは犯されましたなんて言って、僕を訴えることを許さないだろうな」

「やれんのかよ？」

「人の痛みがわからないような奴には、思い知らせるのもいいかもしれないね。泣き寝入りせざるを得ない被害者の気持ちが、君にはわかるか？　力で敵わない相手に、連れ回される恐怖がどれだけのものか」

「お兄様っ、もうやめて……っ」

奈央の声にようやく我に返ったのか、上月は怒りを抑え込むように深呼吸をしてから陸の手を放した。そして、妹の肩に手を回して大事そうに自分の車へ連れていく。

運転席に乗り込む寸前、振り返って冷たい視線を陸に浴びせた。

「君には、がっかりしたよ。こんな汚い真似をする奴だなんて、思ってなかった。人を見る目には自信があったんだが、どうやら間違っていたようだ」

いつもは艶のある声も、今は怒りで少し掠《かす》れたようになっている。そこから感じるのは、負の感情だ。

はっきりと言葉にされずとも、わざわざ絶縁状など叩きつけられなくとも、もう二度と会わないと言われているのがわかった。顔も見たくないと、冷ややかな視線が訴えている。

上月が車を発進させて駐車場から出るのを、陸はその場に立ち尽くして見送った。赤いテールランプが木々の間を走り抜け、チカチカと点滅しているように見える。

それは次第に遠ざかっていき、最後には見えなくなった。

「――はっ、やっと終わった」

ポケットからタバコを取り出して火をつけ、恐怖で顔をこわばらせていた奈央のことを思い出す。

自分が放った台詞に、反吐《へど》が出た。

連れ回した挙句、つまらない女呼ばわりしてきっと傷ついただろう。

（本当に、ごめんな……）

叩かれた頬が、痛かった。日頃から父親と殴り合いばかりしているが、それとは違う痛みだ。

胸の辺りも、激しく痛む。

『君には、がっかりしたよ』

心底落胆したような上月の声が、耳にこびりついて離れない。

いや、あれは落胆ではなく軽蔑《けいべつ》だ。

怒鳴られたり、罵《ののし》られたりするより悪い。静かな怒りは、冷静だからこそ、一時的な感情ではないことの証にもなる。

ああ、本当に愛想を尽かされたんだ……、と思いながら、空を見上げた。空気が冷たいからか、思っていたより星がよく見える。

だが、陸の心には厚く重い雲が広がっており、今にも落涙しそうだ。

陸は、こんなにも上月を好きになっていた自分に驚いていた。

金持ちで苦労知らずのボンボンなんて、陸が一番嫌っていた人種のはずだ。男同士だというのに、恥ずかしげもなく「好きだよ」と口にする男なんて、信用してはならないタイプだと思っていた。

しかし、同時に狡《ずる》さも持つ上月は、いつも陸を翻弄《ほんろう》し、今まで抱いたことのない感情を植えつけてくれた。

嫌いだと思っていても、それまでの価値観を覆《くつがえ》すように急速に惹《ひ》かれていく感覚。どんなに否定しようが、強い引力には逆らえないのだと思い知らされるのだ。

理性が利かないくらい、誰かを好きになる。

こんなことなら、出会わなければよかったと思った。だが、それももう終わりだ。

「……これで、せいせいしたよ」

自虐的に嗤《わら》い、タバコを根本まで灰にすると、陸は車に乗り込んだ。

週が明けると、再び日常が始まった。

いつもの時間に出勤し、一見単純だが、やり甲斐《がい》のある仕事に集中して技術を学ぶ。一日の仕事を終えると、遊びの誘いを断って家に直行して弟たちの面倒を見る。

その繰り返し。

変化が起きたのは、週の折り返し地点を過ぎた木曜日のことだった。

「お兄ちゃん、大変っ」

家に帰るなり、桃子が血相を変えて奥から出てきた。

「どうしたんだ?」

「空が学校で問題起こしたの。挑発に乗ってクラスメイト殴っちゃって……どうしよう」

「あんの馬鹿」

「でもあっちが悪いんだよ? 前に私がフッたから根に持ってんのよ。それ以来ずっと空に絡むの。家族のこととか出したりして」

「相手誰だ?」

早足で家の中に入りながら、桃子からことの成り行きを聞く。

嶋田憲一《しまだけんいち》——何度か聞いたことのある名前だった。父親が開業医だかなんだかで、本人も医者を目指していて、悪知恵が働くだけに教師の間での評判はいいらしい。

いけすかない男で、空とは学校で何度も衝突していると聞いている。

「それで？」

「怪我を負わせたって。頭を何針か縫ったみたい」

二階に上がると、空は電気も点けないままじっと座っていた。陸の気配に気づき、不貞腐《ふてくさ》れた顔で振り向いたがすぐに顔を逸《そ》らす。

殴り合いになったのだろう。切れた唇から血が滲《にじ》んでいた。だが、縫うほどではない。

「相手に怪我させたんだって？」

「あいつが弱ぇんだよ」

「先に手ぇ出す奴があるか。いつも言ってんだろうが」

「ごめん」

深く反省しているのが、声からわかった。

これ以上追いつめても可哀想だと、軽くため息を漏らすだけにとどめる。

「桃子。姉貴はどこ行ったんだ？」

「いない。努のお母さんがアパートに戻ってきたみたいで、努を連れて会いに行ってる」

「そうか。ったく、親父もこんな時に出張だし、どーすりゃいいんだよ」

正直なところ、頭が痛かった。物を壊すのとはわけが違う。相手が生身の人間なら、今までのように弁償して終わりというわけにはいかないだろう。

「上月のお兄ちゃんに助けてもらおうよー」

陸たちの様子から大変なことになっているということだけはわかったようで、太陽が陸の袖を引っ張りながら訴えた。

確かに、上月がいてくれたらいいアドバイスをしてくれるに違いない。上月は大人だ。世の中のことをちゃんと知っている。社会に出たばかりの陸とは違う。

上月の大事な妹にあんなことをしておいて、心のどこかで頼りにしている自分が情けなくて、陸はそんな自分の気持ちを断ち切るかのように冷たく言う。

「……ダメだ」

「どうしてー？」

「上月のお兄ちゃんに電話しようよー」

「無理だって」

「電話しようよー。でんわー」

もう二度と来ないというのに、小さな弟たちに上月上月とせっつかれ、陸は次第に泣きたくなってきた。

もう上月とは会えない。相談なんてできっこない。軽蔑されてしまったのだ。そのことが今さらのごとく強く伸《の》し掛かってくる。

それなのに、空までもが上月の助けを借りられないかという目で陸を見ている。

「ねーねー、おにーちゃーんってば！」

「うるさいっ、黙れ！」

陸は、思わず怒鳴っていた。

月が驚いて半泣きになりながら桃子にしがみつくと、楓も月につられたのか火がついたように泣き始めた。桃子があやしても、まったく治まる気配はない。

「もうお兄ちゃん、月たちに当たんないでよ。楓まで泣いちゃったじゃん。その上月って人に相談できないの？　弁護士なんでしょ」

「頼めるわきゃねーだろ」

「なんで？」

「なんでもだよ！」

「じゃあ、どうすんの？」

上月の力など借りなくても、なんとかできる――自分にそう言い聞かせて、まずできることはないかと考える。

「とにかく、今からお詫《わ》びに行ってくる。先に手を出したのはこいつなんだし。そいつんち、わかるんだろ？　お前も行くぞ」

陸は、空を急かして出かける準備をした。

「せめてお父さんに連絡しようよ」

「親父に言ってもすぐに帰ってこられるかわかんねぇんだし」

「じゃあ、お姉ちゃんは？」

「姉貴にばっかりそういうことやらせるわけにはいかねーだろ。俺だって長男なんだからなんとかできるよ。ばぁ～か。任せとけ」

わざと軽い口調で言い、桃子の背中を叩く。

だが、本当は不安だった。

いつもいがみ合って、衝突ばかりしている相手だと聞いている。陸がその相手のことを聞かされているように、相手の父親も空のことを聞かされているだろう。惣流家の印象も、相当悪いに違いない。

しかも、父親の病院で治療したのなら、カルテなんてどうにでもなるはずだ。さすがに詐欺紛いのことはしないだろうが、多少大袈裟《おおげさ》に書くくらいはするかもしれない。慰謝料の話になって不利なのは、陸たちのほうだ。

「兄貴。……ごめん」

陸の険しい表情を見て、言うほど簡単でないとわかったのだろう。めずらしく、情けない声を出す。

「もういいって。それより、ちゃんと謝るんだぞ。何言われても耐えろよな」

しおらしい態度で頷く空に、陸は「大丈夫だって」と言ってしっかりと頷いてやった。

　それから陸はバスと電車を使い、空とともに嶋田という同級生の家へ向かった。自宅は病院と隣接しており、庭から犬の鳴き声が聞こえてくる。総合病院などに比べると規模は小さかったが、自宅は一目見れば裕福な家庭だというのがわかった。

　ヨーロピアンスタイルの洋風建築で、総タイル張りの壁は重厚感があり、ガレージは車四台が停められるスペースがある。インターホンを鳴らして惣流だと名乗ると、気位の高そうな中年の女性が出てきた。追い返される可能性も考えたが、すんなりと通される。

　応接室で十分ほど待たされたあと、ゆっくりとドアが開き、嶋田の父親が出てきた。

　ようやくご対面だ。

「君が、惣流空君だね。で、そちらは？」

　傷だらけの陸の姿に、氏は汚いものでも見るように顔をしかめた。

「兄の陸です。この度は、弟がご迷惑をおかけしまして、申し訳ありません」

　氏は恰幅《かっぷく》がよく、ソファーに座る姿は、いかにもといった風情で貫録《かんろく》がある。

「君たち、両親は？」

「母は亡くなりました。父は出張でいないので、俺が代わりに。後日、父が改めてお詫びに伺いますが、まず謝罪をと思って」

「片親だというのは同情するが、だからと言って息子に手を出していいということにはならない。何針縫ったと思っているんだね。躾《しつけ》が行き届いてないんじゃないのか？」

　嫌な言い方だった。空もこうして挑発されたのだろうかと思うと、殴ってしまったのも無理はないと同情する。

「母がいないことは、関係ありません」

「そんなわけはないだろう。それに、母親の違う兄弟が何人もいるらしいじゃないか。君のお父さんは、非常識な人だね」

いつも父親のことを口汚く罵《ののし》っている陸だが、こんな狸《たぬき》オヤジに言われたくなかった。

確かに、女好きで節操がないロクデナシだ。大雑把《おおざっぱ》で考えなしで、貧乏だというのに他人の子供が紛れ込んでご飯を食べていても、少しも気にしない。滅茶苦茶な父親だ。

だが、子供たちに対する愛情は人一倍で、いつも全力で愛してくれる。母親が違っても、どの子供も同じように可愛がってくれた。

愛情過多で鬱陶《うっとう》しいと思うことはあっても、愛情が足りないと感じたことはなかった。寂しく思うことも……。

「ところでその怪我はなんだね。どう見ても転んだ傷じゃない。殴り合いでもしたのか？　まったく野蛮な人間はこれだから……」

「親父と喧嘩したんだろ？」

頭に包帯を巻いた少年が、奥から出てきた。ここの一人息子。空とやり合った同級生の嶋田憲一だ。鼻にはガーゼを当てている。

「ね、そうですよね。親父と殴り合いの喧嘩したんでしょ？　有名ですよ。お宅の親父」

陸は、答えることができなかった。

（お前に何がわかるんだよ）

拳《こぶし》を握り締め、悔しさを堪《こら》える。

ここで自分がキレたりしたら、それこそ状況は悪化する。今はただ、謝るしかない。

「なるほど。蛙《かえる》の子は蛙というわけか。慰謝料を払う能力はあるのかね」

「もちろん、お支払いするつもりです」

「簡単に考えてもらっては困るよ。精神的な苦痛も考えると、安い金額ではない」

ねちねちとした言い方に、さすがの陸も参っていた。これならまだ、一方的に殴られるほうがマシだ。

誰か助けてくれ。

祈りながらなんとか堪えていたが、それも限界だった。所詮《しょせん》、まだ十九の若造だ。

次第にエスカレートしていく氏の説教は桜《さくら》や桃子にまで及び、それはさらに言いがかりとなり、罵りへと変わっていく。そして、ニヤニヤと笑いながらこの様子を見ていた憲一が「男に媚《こび》を売る女だ」と、桃子のことを愚弄《ぐろう》した時、限界を超えた。

「……てめぇ。自分がフラれたからって」

「な、なんだよ？」

「おい、君っ」

陸は拳を強く握り締めて立ち上がった。空が腕を摑むが、今さらだった。手を出さずとも、氏は陸を簡単に許しはしないだろう。

しかしその時、タイミングよくチャイムが鳴り、水を差されたようになる。どうやら来客のようで、夫人が不安そうな顔で応接室に入ってきて氏に耳打ちした。

「こちらに来て頂きなさい」

一体誰なんだとドアを見て、陸は目を見開いた。夫人に案内されて入ってきたのは、上月である。

(なんで……?)

驚きのあまり声も出せずにいると、上月は陸を一瞥してから深く頭を下げた。

「夜分恐れ入ります。弁護士の上月と申します。ご家族の方から電話がありまして、今回の件について相談を受けました」

「弁護士?」

「はい。父親が不在にしておりますものですから、私が代わりに参りました。同席させて頂いてもよろしいですか?」

上月は、陸が拳を強く握り締めたまま突っ立っているのを見て、何か察したのだろう。氏にソファーに座るよう促されると、さりげなく陸の拳に手を重ねて収めさせた。そして、陸と一緒に腰を下ろす。

「で、君はこの子たちの弁護に?」

「はい、今回の件につきましては、誠実な対応をさせて頂くつもりです。しかし、示談にするにしても、このような形での話し合いというのは……」

「何が言いたいのかね」

「すぐに駆けつけることのできない父親に代わって、謝罪しに来た相手を捕まえて示談交渉ですか。二人は未成年ですよ」

「勘違いしてもらっては困る。今、示談交渉なんてしているつもりはない」

「それならいいのですが、反省を促すためだとお思いになっているのかもしれませんが、場合によっては脅迫罪が成立しないとも限りません」

「な、何を言うんだね、君は。言いがかりをつけるのはやめたまえ」

先ほどまでの態度はどこへやら。

暑くもないのに、氏は額に汗を滲ませて顔を赤らめている。明らかに、挙動不審だ。

「実際空君は、あなたに対して恐怖心を抱いているようですし……。大丈夫かい?」

芝居じみた言い方が、効果的に氏を追いつめているようだ。陸が拳を握り締めて立っていた原因を聞くと、空がその経緯を説明する。

「おい、ちょっと待ちたまえ」

「なるほど。あなたのご子息も、同じように空君の家族のことを罵ったと聞いています。そもそもそれが喧嘩の原因だと……。今日のあなたの発言は見逃せたとしても、ご子息の場合、発言は公然に、しかも再三行われているわけですから、侮辱罪ということにも」

氏の顔がこわばった。

「こちらも大事なご子息に怪我をさせてしまった以上、裁判を起こされても仕方がないと思ってますが、それとこれとは話が別です」

　上月の言葉は、場合によってはこちらもその用意があると仄《ほの》めかしているものだった。さすがにこういう駆け引きは、抜群に上手い。

　じわじわと効いていたボディ・ブローが、裁判という言葉によって決定的となったようだ。

「け、怪我についてはいいんですよ。子供の喧嘩ですし……ちゃんと反省さえしてくれれば。裁判など大袈裟なことをするつもりもないですし」

「おい、親父っ」

「お前は黙ってなさい」

　あっさりと引き下がる父親を前に、憲一は歯ぎしりをしながら空を睨みつける。

「そうでしたか。仰々《ぎょうぎょう》しいことを申しまして、大変失礼致しました。先走ってしまったようで、お恥ずかしい限りです」

　上月の折り目正しい態度はどこか迫力があり、氏は圧倒されている。年齢は上月のほうがふた回りほど下だというのに、肝の据《す》わり方が違った。ふてぶてしさと言ったほうがいいのかもしれない。

「治療代はお支払いするつもりです。その件につきましては……」

「いや、本当にいいんですよ。喧嘩の原因はうちのにもあることですし、私も少々言いすぎたようだ。すまなかったね」

　氏が謝罪の言葉を口にすると、陸たちはもう一度怪我をさせたことを謝り、和解は成立した。

あまりに簡単に解決し、拍子抜けするほどだ。上月がいなかったら、どうなっていたかわからない。

「じゃあ、二人とも、行こうか？」

促され、悔しさを隠しきれない憲一の睨むような視線を浴びながら退室する。

こうして上月のおかげで、二人は無事、嶋田家の門を出ることができた。


「上月さん、カッコよかった〜。マジでどうなるかと思ったけど、助かったよ。あとちょっと遅かったら、兄貴、あのジジィに手ぇ出してたよな」

空が興奮気味に言うと、上月は黙って笑いながら車に乗るよう後部座席のドアを開け、陸たちはそれに乗り込んだ。

マセラティ・クアトロポルテ。

陸には手の出ない車だ。車内は広々としており、シートの座り心地もいい。手触りのいいレザーや高級感のあるウッドパネルは落ち着きを演出しているようだが、曲線を意識した内装のデザインには、妖艶《ようえん》さすら感じる。

陸の会社には車に金をかける者も多いが、そういう改造に夢中になる連中とは違った。

これこそが、大人の贅沢《ぜいたく》だと思わされる。

「だけど、侮辱罪なんてあるんだな。今度桃子や親父のこと出してきたら、訴えてやりたいよ」

「そうして欲しいなら、告訴しようか？　微罪だから懲役はないけど、たっぷり慰謝料をふんだくってあげるよ」

サラリと言ってのける上月は、ただの親切な金持ちのボンボンではなかった。弁護士としてのしたたかな一面を垣間見て、陸は目許を染めずにはいられない。

紳士を装っていて、その実、腹の底では画策している。裁判の結果が純粋に善悪のみで決まるわけではなく、戦い方次第という一面も持っているだけに、先ほど覗かされたやり手の弁護士の顔は必死で抑えていた上月への想いを再燃させた。

「でも、なんであんたが来るんだ」

「月君たちから電話があった。桃子ちゃんが調べてかけてくれたんだよ。あんな可愛い子たちから電話がかかってきたら話を聞かないわけにはいかない。詳しいことは、桃子ちゃんから聞いてたから事情は把握してたし」

バックミラーの中の上月と目が合った。

ここは素直に礼を言うべきところだろうが、言葉が出ない。つくづく自分は子供だと思い知らされ、嫌になった。

「君に話があるんだ。この前のことで」

「俺はねぇよ」

「ねぇ、空君。今晩お兄ちゃんを借りていいかい？」

「いいけど？」

「おい、勝手に決めんな」

「だって助けてもらったし、兄貴を一晩貸すくらいお安いご用って感じ？」

さっきまで自分のしたことを反省し、しおらしく俯《うつむ》いていたのに調子のいい奴だ。

「てめぇ……」

舌打ちしたいのを堪え、陸は観念した。ここで妙に意地を張っていると、変な勘ぐりをされそうだ。空は、勘の悪いほうではない。

上月と話なんてしたくはなかったが、無情にも車は陸の自宅前に到着し、空は陸を置いて一人で降りてしまう。

「じゃあ、桃子ちゃんたちにもよろしく」

「うん。今度またうちに遊びに来てよ。チビたちが喜ぶから」

「ありがとう。またみんなでご飯食べようね」

上月は、空が家の中に入るのを確認してから車を発進させた。二人きりになると、気まずさに拍車がかかる。

「話があるなら、さっさとしろよ」

「ちゃんと向き合って話をしたいんだ。僕のマンションに行こう」

上月のマンションになど行きたくなかったが、観念するしかなかった。ここで逃げても同じだ。いつか話をしないといけないのなら、先延ばしにしないほうがいい。

「ここだよ。さ、降りて」

　地下駐車場に車を突っ込むと、上月は陸を促した。並んでいるのは、高級車ばかりだ。どれも指紋一つついていないのではないかというほど磨き上げられている。

　そして、初めて訪れる上月のマンションも、想像以上だった。

　タワーマンションと言われるもので、出入り口のセキュリティが万全なのはもちろんのこと、エントランスは一流ホテルのロビーのように洗練されたデザインで、くつろぎの空間を演出している。応接セットまであり、ここに住めるのではないかと思ったほどだ。

「こっちだ」

　上月の部屋は、四十五階にあった。

「どうぞ」

　おとなしく玄関を潜ったが、鼓動が速くなるのはどうすることもできなかった。正直なところ逃げ出したい。今までどんな窮地に立たされようが、こんなに誰かを怖いと思ったことはなかった。それこそ五人に囲まれてリンチに遭《あ》った時も、落ち着いたものだった。

　これは、そういった類の緊張とは違うのだと、どこかで気づいている自分がいる。

　リビングに通されてソファーに座るよう言われたが、陸は警戒しながら上月と少し離れた場所に立った。上月と向かい合って座ることもできないのかと、臆病《おくびょう》な自分にイラつくが、見栄を張って危険に近づくような真似はしたくなかった。

「話ってなんだよ?」

「この前のことを謝りたいんだ。本当にすまなかった。感情的になって君を疑って、罵倒した」

見ているほうが息がつまるほど、真剣な目だった。言葉以上に、その目が上月の心からの謝罪の意を示している。

「冷静になって考えると、君があんなことをするはずがないって思ったんだ」

「買い被るなよ。俺はそんなことを言われるようなご立派な人間じゃない」

「君は嘘つきだね」

仕方ないな……、とばかりに笑ってみせる上月に、心臓が小さく跳ねた。困った顔をする大人というのは、魅力的で落ち着かない。

「奈央から聞いたよ。君は、本当に乱暴な真似はしなかったそうだね。寒くないかって聞いたり、温かい飲み物を買ってきたり……。さすがに大きな声を出された時はびっくりして泣いたみたいだけど、どうしてこの人はこんなことをしているのに優しいんだろうって思ったと言っていたよ」

あの時のことを思い出し、どう言い訳しようかと考えを巡らせた。しかしこんな状態ではまともに思考が働くはずもなく、虚勢を張るように上月を睨むことしかできない。

「おしるこが苦手だって言ったら、わざわざ別のを買いに行ってくれる人が、本気で妹をどうにかしようとしていたなんて思えない」

目を逸らしたが、それは失敗だった。

これでは、その言葉を肯定しているのも同じだ。ない頭で計画を立て、なんとか実行したというのに無駄になってしまう。

「君を信じなくてごめんよ。奈央は子供の頃躰が弱かったから、つい過保護にしてしまう癖があって……。もう大人なのにね」

上月は、ソファーからゆっくりと立ち上がって陸に近づいてきた。

逃げ出したい気持ちに駆られるが、足が動かなかった。怖いのか、それとも何かを期待しているのか、わからなくなってくる。

「本当にすまなかった」

陸は、目許が染まるのをどうすることもできなかった。意地を張らずにはいられない自分はガキなんだとつくづく思わされる。

上月は大人だ。

自分の非を素直に認め、謝罪することができる。そして、相手が誰であれ好意を示すことができる。簡単なことのようだが、陸にはできない。好きになった相手なら、なおさらだ。

なんのために、あんな真似をしたのか。

結局、無駄に奈央を怖がらせ、困らせてしまっただけだ。

「どうして君があんな芝居を打ったのか、考えたんだ」

核心に迫る言葉を、判決を言い渡されるような気分で聞いていた。

気づかれたくないと思うが、もう上月は知っている。すべて見抜いている。

「イケナイ遊びが、忘れられないんじゃないのかい？　あの時、スレたふりして応じてくれたよね。あんなやり方は汚いってわかってたけど、ストレートに迫ってもダメだと思ったからズルをした。君は意地っ張りだから……」

その口調にからかうようなニュアンスが混じっていたのは、気のせいではないだろう。

本格的に獲物をしとめようと、爪を喉笛《のどぶえ》にあてがわれたような気分だ。

「急速に進めすぎちゃったかな？　電話にも出てくれないし、でも……それは僕を意識してくれてるからだと思っていいんだよね？」

カッと頬が熱くなった。

「う、うるさいっ」

「怒るのは、図星だからじゃないのかい？」

自分が少しずつ追いつめられていくのが、わかる。外堀から埋めていき、逃げ場を奪っていくやり方は、いかにも上月が得意としそうなところだ。

「素直になれないなら、今日助けてあげたお礼にってのはどう？」

「どうって……あんた、最低だな……っ」

「自覚してる。弁護士なんてやってる人間は狡賢くて、計算高くて、嫌な人間が多いものだ。だからこそ、君みたいな純粋な人に惹かれるのかもしれないね」

よくもまぁ、そんな歯が浮くような台詞が次々と飛び出すものだと思うが、どんなに口汚く罵ろうが無駄だというのはわかっている。

「好きなんだ。まだ十九なのに、一生懸命家族を守ろうとする君が好きだよ」

「……っ」

「どんな汚い真似をしても手に入れたいくらい、好きだ。この前のことがあって、思い知ったよ。ますます君が好きになった。意地っ張りで、でも悪人になりきれない君が好きだよ。大好きだ。心も躰も、全部欲しい」

こんなに好きだ好きだと連呼されたのは、初めてだ。だが、なぜか嫌じゃない。

陸は観念してきつく目を閉じ、心の中で呟いた。

もう、どうにでもなれ、と……。


ベッドルームに連れ込まれた陸は、少しばかり後悔していた。自分が置かれている状態を考えると、撥《は》ね除けるべきだったのかもしれないと思わずにはいられない。

（あ……、嘘……っ）

ベッドの中央に両脚を放り出した格好で座らされ、ズボンをはだけさせられて、中心を嬲《なぶ》られていた。シャツも半分脱がされて躰にまとわりついている。

それだけではなく、まだきちんとスーツを着込んだままの上月に表情をじっと見られているのもいけない。どんな小さな反応も見逃すまいとする上月に、ますます羞恥が湧《わ》き上がってくる。

「また生傷が増えてるけど、躰は大丈夫？」

「……っ、……はぁ……っ、……っく」

「やっぱり君は、包帯が似合うね。気高くて、凛々《りり》しくて、雄々しくて、阿修羅《あしゅら》みたいだ」

「な……だよ、それ」

「鬼神だよ。戦いの神様だ。傷だらけの君は、阿修羅のようだっていつも思ってた」

嬉しそうに目を細め、自分の気持ちを口にする。

「優しくするから」

「別に、優しく、して、なんて……っ、言って、ないだろ……っ」

「じゃあ、痛くしてもいいのかい？」

サディストの一面をチラリと覗かせる上月に、言葉を奪われた。普段は澄ました顔でいるのに、ベッドではまったく違うのだ。

スーツの上着を脱ぎ捨ててネクタイを緩める仕草は男っぽく、しっかりとした骨格と適度についた筋肉からいっそう上月が優しいだけの紳士じゃないと思わされる。育ちのいいお坊ちゃまというのは仮の姿で、人当たりのいい紳士の下に隠れている顔は、紛れもなく牙を剝《む》く捕食者。美しい獣だ。

そんな男が自分を求めているかと思うと、被虐的な気分になってきて、この男になら喰われていいとすら思ってしまう。

「好きだよ、陸」

「う……っ」

「やっと手に入った」

耳元で囁かれたかと思うと、耳朶を噛まれ、耳の後ろに舌を這わされた。敏感な部分を攻められて全身が総毛立つ。

「ぁう……っ」

自分をゆっくりと押し倒す男の躰を素直に受け止め、ベッドに躰を深く沈めた。後ろに手を伸ばされ、ローションを塗った上月の指が蕾に触れる。

冷たさに躰が跳ねたのが、恥ずかしい。

「ぁ……っ、……っく、……っ」

指は、躰ごと陸の心を容赦なく掻き回して理性を奪っていく。時折脚に当たる上月の猛りに、頬が染まった。

あれを突っ込みたいと思っているのだ、上月は……。

どうして自分なんだと思うが、それを聞いたところで何も変わらない。どうせ耳を塞ぎたくなるようなキザな台詞を言うだけだ。

「ここ、イイのかい?」

「んぁ……っ」

「ここは?」

「あ、あ、……はぁ……っ」

「一度、先にイかせてあげるよ」

そう言うなり、上月は躰を離して陸の中心を握ってから舌を這わせた。

「馬鹿……っ、待て、よ……っ」

前と後ろを同時に攻められ、陸は声にならない声をあげて身をよじった。自分の意思ではどうにもならない劣情に支配されそうになり、身を起こしてやめさせようとする。

だが、それがいけなかった。

自分の中心に舌を這わせる上月を見て視覚的な刺激を受け、熱に躰が支配される。口で奉仕する上月は男っぽい色香を振りまいており、目が離せなくて、虚ろな目で自分の先端が弄《もてあそ》ばれるのを眺めた。

今、自分は上月の口で、愛撫されている。そして、感じている――目の逸らしようがない事実に羞恥を煽られ、感度はよくなった。

「んぁあ……、はぁ……っ、……ぁあ」

「陸。イッていいよ」

甘く、掠れた声だ。

奉仕しているのは上月のほうだというのに、主導権は明らかにこの男にある。先端のくびれを嬲る舌は、溢れる蜜を舐め取り、言葉にならない快楽の衣で陸を包み、狂わせる。

「ほら、イッて」

「ぁ……」

「イッて。陸」

「……っく、……ぁ、――あ……っ！」

我慢できず、陸は白濁を放った。

躊躇《ちゅうちょ》なくそれを飲み干す上月に恥ずかしさはピークに達し、いつまでも消えない快楽の余韻に躰をビクビクとさせる。自分ではどうすることもできない。

「君に挿れたい」

「挿れたきゃ、挿れろ……」

「それじゃあダメだよ。君が自分から挿れて欲しいって言うまで、挿れないって、前に言っただろ」

覚えている。

上月の実家の離れでイケナイ遊びに興じた時に、挿れたいが、挿れないと言ったのだ。

「挿れて欲しくなったら、ちゃんと言うんだよ」

上月は、陸の中で指を曲げてみせた。

「ぁう……っ。い、挿れてんじゃねぇか」

「指は別」

悪戯《いたずら》っぽく笑うのを見て、思い知らされる。

いつかは言わされるのだ――挿れて、と。

「あんた、狡い」

「大人は狡いんだよ？」

「――ぁ……っ！」

指が、奥にあるスポットを刺激した。

「どう？　ここ」

「や、やめろ……っ」

「挿れて欲しい？　それとも、指でイク？」

どうしてこの男は、恥ずかしい台詞を次々と口にできるのか――。

黙らせたいが、今は自分のすべてを握られているようで、何もできない。

「指でイかせてあげてもいいけど」

上月は、陸の顔をじっと眺めながら指を二本に増やした。眉をひそめ、それに耐える。

「足りないだろ？」

「ぁ……、……はぁ……っ、あぁ……」

秘壁を擦られているうちに、悪戯な指にあそこがヒクヒクと応え始めた。もどかしさのあまり、自分から腰を浮かせたくなる。

もう、我慢できない。

「どうしたの？　挿れて欲しいのかい？」

「……れて、……欲しくて、悪い、か」

「何？　聞こえない」

「……早く……っ、――挿れてくれ……っ」

こんな台詞など、本当は言いたくなかった。しかし、もう限界だ。このままの状態で焦らされたら、どうにかなってしまいそうだ。

「やっと言ってくれたね」

上月は満足げに笑い、指を引き抜くと先端をあてがった。

熱の塊に引き裂かれる――。

そう思ったのと同時に、上月の熱はさらに奥へと侵入し、根本まで収められた。

「……っく、……ぅ……っ、あっ、――ぁああ……っ！」

自分の身に起きていることが、信じられなかった。

（嘘、だ……。嘘……）

喧嘩慣れしているため、痛みに対する免疫はあるはずなのに、自分の内側を圧迫するものには無力だった。

泣きたい。逃げたい。

痛いのか苦しいのかわからず、声を抑えることすらできずに、促されるまま啜《すす》り泣く。

「ぁあ、あ、……ん、……ぁあ、アッ」

「ほら、動くから力を抜いて」

耳元で囁かれる艶のある声は、心を蕩けさせた。

「力を抜くんだ」

「馬鹿……っ、無理だよ。……無理、だ」

自分を責め苛《さいな》んでいる相手に縋《すが》りついているのが情けないが、そうせずにはいられなかった。

こうして掴まっていないと、怖い。

「ほら、僕を奥まで、呑み込んで」

「ぁ……っ、あっ」

「もっと、奥まで受け入れて」

「んぁ……、はぁ……、――ア……ッ」

「陸、……綺麗だ」

漏らされた言葉に、耳を塞ぎたくなった。

綺麗なのは、どっちだと言いたくなる。欲望を剝《む》き出しにして自分に襲いかかってくる上月のほうが、何倍も綺麗だ。高貴な獣に喰われる気分といったら、言葉にならない。

精神的に屈したのなんて、初めてだ。

「見る、な……っ」

「どうして？　ずっとこうしたかったのに……。何度も、頭の中で君を抱いたよ」

「い、言うな……っ」

「でも、実物のほうが、何倍もいい」

「あぁ、あ、あぁ……っ」

膝を抱えられ、さらに奥を突かれた。

「僕も、イッても、いいかい？」

「ぁ、あ、あっ」

「陸。……陸、一緒に、イこう」

言うなり、上月は一定のリズムで陸を揺さぶり始めた。堪えようとしても、嬌声《きょうせい》は次々と溢れ、脳天まで突き抜けるような快楽に死にそうだと心が訴える。

堪えきれず、せり上がってくる愉悦に身を委ねた瞬間、タイミングを合わせるように上月が爆《は》ぜたのがわかった。

「ぁ……、ア、――ァアア……ッ」

ほとばしるものを、自分の躰で全部受け止める。放ってもなお治まらないそれは、奥で激しくひくつき、少しの間、陸を翻弄した。

「ぁ……、……はぁ……っ、あぁ……」

ようやく息が整うと躰をベッドに投げ出すが、腕を取られたかと思うと、上に座らされた格好になる。自分の重みで上月をいっそう深く咥《くわ》え込んでしまい、陸は苦悶の表情を浮かべた。

「う……っく、……馬鹿、やめ、ろ……。……も、無理……」

「ダメ。許してあげない」

「あ、あとで……覚えてろ、よ……っ」

「そんな色っぽい顔で凄《すご》まれても、怖くないよ。それに、怒った君は、いっそう綺麗だ」

「あう……、……っく、……んぁ」

「好きだよ、陸。大好きだ」

陸は観念して、自分からも口づけた。舌を絡め合い、お互いの唾液を飲んで求め合う。

思考をジリジリと焦がすような行為はさらに熱を帯び、二人を獣に変えた。


それから数日後。

物流家の茶の間は、異様な空気に包まれていた。ちゃぶ台を挟み、上月と一郎が向かい合って座っている。それを廊下から観察しているのは、空と大地だ。

桜と桃子は、台所から見ている。

「――おい、ちょっと待った!」

駆けつけた陸が部屋に飛び込んだのと同時に、上月が深々と頭を下げて言った。

「お父さん、陸君を僕にください」

その光景を目の前にして、愕然《がくぜん》とする――遅かった。

桃子から上月が陸を貰いに来たと携帯に連絡があったのが、わずか五分前。こんなことなら、コンビニに買い物に出るんじゃなかったと後悔する。

「てめぇ、何やってんだ。ぶっ殺すぞ!」

怒りのあまり怒鳴り散らすが、空が面白がって陸を羽交い締めにし、大地が脚にしがみついた。

「放せっ。こらっ、離れろ」

「まーまー。兄貴。おもしれーから見てようぜ？」

「何が面白いだ！」

そうしている間にも、息子を貰いに来た男と一郎の静かなバトルは続く。

「お前、今なんつった？」

「ですから、陸君を僕にくださいと」

「なんだとぉ？　てめぇ男じゃねぇか。俺の大事な息子に何言いやがる」

「必ず幸せにしますから」

「ふざけるな、この若造がぁ！」

とうとう一郎がキレた。

ちゃぶ台をひっくり返し、ももひきで暴れる姿は、昭和の代表的お父さんだ。だが、上月は一歩も退かない。胸倉を掴まれようが凄まれようが、目を逸らそうとはしないのだ。

「僕は真剣なんです」

優秀な弁護士が、何を真面目な顔で息子をくれなどと言っているのか陸には理解できなかった。

とんだ茶番だ。

恥ずかしいやら頭にくるやら、陸は顔を真っ赤にしてやめさせようとするが、その時、階段を駆け下りてくる音がしてくる。

「父ちゃん。ダメだよー。上月のおにーちゃんはねぇ、とっても優しいんだよ」

「動物園も行ったもんねー」

とうに寝ている時間だというのに、チビどもがわらわらとやってきて、上月を弁護し始めた。

楓も日本語になっていない言葉で、必死で何かを訴える。

「なんだ、楓」

可愛い盛りの楓に一郎は甘く、デレデレになって楓を抱きかかえる。上月はというと、まさか自分に小さなボディ・ガードがつくとは思っていなかったらしく、驚いた顔をしていた。

「そうか。楓はこの兄ちゃんが好きか」

「喧嘩した空兄ちゃんを助けたのも、この人だよ」

「空、それは本当か?」

「ああ、嶋田の件だろ? 治療費がチャラになったのも上月さんのおかげだよ」

「なんだ、それを早く言え」

一郎の態度が軟化すると、上月はすかさず持ってきた手土産を差し出した。

極上の吟醸酒。

「お父さん、これ、つまらないものですが」

「お。お前いい奴だな」

あっさりと手のひらを返した一郎を見て、頭に血が上る。

「親父っ。酒で買収されやがって!」

「お前の幸せを考えてんだろうが!」

「嘘つけっ! 今、物で釣られただろうが、物でっ! わかってんだよ!」

「父親に向かってなんだ、その言い草は」

「やんのか、クソ親父」

「上等だ、包茎小僧」

「とっくに剝けてるっつってんだよ！」

毎度のごとく、殴り合いが始まる。手際よくその辺りを片づけて観戦を始めるチビたちと一緒に、上月も並んで正座をした。

「俺様に刃向かうなんぞ、十年早いわ！」

「うるせー、いい加減に死ね！」

一郎・ザ・ボンバー。インディアン・デスロック。世田谷《せたがや》スープレックス。

華麗な技が飛び交うが、やはり結果はいつもの通りで、陸があと一歩及ばず。父の下敷きになり、あえなくダウン。

「いって〜。退けよ、クソ親父っ」

「ま、こんな息子だが貰ってやってくれ」

「ありがとうございます」

すっかり家族の一員になった上月は、一郎と固い握手をする。

「よかったわね〜。じゃあほら、楓たちは片づけして寝ましょうね」

「よかったなー、上月さん」

ぞろぞろと解散する家族を見て、陸はがっくりと項垂《うなだ》れた。

（な、なんなんだ……）

男同士だというのに、あっさり二人の関係が認められていることが、陸には理解できなかった。小さい楓たちならまだわかるが、一番しっかりしている長女の桜までもが「陸をよろしくお願いします」なんて言っているのが解せない。

上月の家族といい、常識のある奴はいないのかと嘆きたくなる。

「ほら、傷の手当てをしてあげるよ」

桜から借りた救急箱を持ってきた上月が、解《ほど》けかかった包帯を外し始める。

「あんたな、いきなり俺の家族にカミングアウトか。信じらんねぇ」

「でも、これで障害が一つクリアできたよ」

二人の仲が認められたからか、傷の手当てをする上月は、この上なく嬉しそうだった。しかし、されるがままじっとしていると、思わぬ言葉が上月の口から飛び出してくる。

「傷だらけの君は、やっぱりスリリングで魅力的だ。包帯や眼帯がこんなに似合う人なんて、そういないよ。素敵だ」

そっちか……、と思い、どう考えても変態が入っていそうな上月に、この先のことが思いやられるのだった。

あばずれ・改《あらため》？

間違っている。絶対に、間違っている。

陸《りく》は、目の前の光景を見ながら何度も心の中で訴えていた。

古い一戸建て住宅の中には陸を含めて八人の兄弟がひしめき合っており、お腹が空いたと訴える弟やおしっこを漏《も》らしたと言って泣き出す妹、また兄弟喧嘩をする弟たちの声で常に騒がしく、家の中は常にバタバタしている。

兄弟たちが全員揃っているだけでも十分手狭だというのに、今日は父親の一郎《いちろう》が遅い正月休みで三連休を取っている最中で、朝から家で酒を飲んでいた。

しかも、上月《こうづき》家の人間がこぞってやってきたのである。

「や〜、君は本当に面白い男だ！　さすが陸君のお父様だ」

「あんたも面白れぇじゃねーか。口髭《ひげ》なんて生やしやがって、いけすかねぇ野郎かと思ってたが、こんなに話のわかる奴だったとはな」

「そうかい？　しかし、こんなにデインジャラスでエキサイティングでスリリングな家庭は見たことがない！　子供たちは元気いっぱいだし、素晴らしいよ、君のうちは！　はーっはっはっはっは！」

二人は、親父同士意気投合して盛り上がっていた。見た目だけ厳格な上月の父といい加減が服を着て歩いているような一郎は、十年来の友人のように肩を組み、湯呑みに日本酒を注いで飲みまくっている。

日本酒は上月の父親が持ってきた一級品だが、つまみのほうは桜《さくら》が出した安物のスルメだ。

初めは金持ちで舌の肥えた相手がそんなもので満足するのかと思ったが、噛めば噛むほど味の出てくるそれは大好物だったらしく、すこぶるご機嫌だ。新聞紙の上に広げたそれらを摑んで、次々と口に放り込んでいる。

「あんたんとこの息子は、ボンボンのくせになかなか骨がありやがる。俺に向かって『息子さんをください』なんて初めはぶっ殺そうと思ったが、脅してもちーっとも怯えねぇ。肝《きも》が据《す》わってやがるんだ。ありゃ出世するぞ」

「陸君もいい息子さんじゃないか。あんな美人はなかなかおらん。娘さんたちも気立てのいい子たちばかりだ」

「そりゃ、俺の育て方がよかったからな。がははははは……」

「そうだな。はーっはっはっは！」

先ほどから、笑い声がまったく途絶えない。たった二人の宴会だというのに、おおいに盛り上がっている。

しかし、それだけではなかった。

陸は、一郎たちが騒いでいる居間を出て台所へ向かった。中を覗《のぞ》くと、こちらも別のノリで盛り上がっているのだ。長女の桜と二女の桃子《ももこ》が入るといっぱいの台所に、上月の母親と妹が混ざり、しかも楓《かえで》まで一緒になって夕食の支度をしている。

そんな狭いところにすし詰めにならなくてもいいだろうと思うが、楽しいらしく誰も座って休もうとしない。

「おだんごー」

「ま〜、お上手ね〜。おばさんにもお団子の作り方教えて」

着物を着た清楚な夫人は、楓が鶏のミンチをこねくり回した手で着物を摑もうとも、まったく気にしていなかった。ニコニコと笑顔を張りつけて楓の相手をしている。

「あーっ、楓。お着物に触ったらダメよ」

「あら、いいのよ。クリーニングに出せばすぐに綺麗になるわ。それに、狭い場所にみんなで集まってギュウギュウになってるんだから、細かいことは気にしちゃダメよ」

金持ちの奥さんに我が家の台所を『狭い』なんて言われたら嫌味に聞こえるが、この上品なご婦人が言うとそう感じない。ありのままを口にしているだけだとわかる。

悪気はなくても口にしないのが大人だとも言えるが、お嬢様育ちでのほほんとした空気を振りまいている奥様を見ると、そんなことを要求するほうがナンセンスだと思えてくる。

「すみません。綺麗《きれい》な着物なのに」

「子供はなんでも汚すようにできてるのよ。割烹着《かっぽうぎ》だってお借りしてるし、そんなに汚れてないから大丈夫。でも、こういう台所も楽しいわね。ほら見て。洗い物をしている桃子ちゃんの後ろを通る時はお尻がぶつかっちゃう。おしくらまんじゅうよ。えいっ」

「わっ！」

ニコニコと笑いながら、夫人は桃子のお尻をポンと押した。

「子供の頃を思い出すわ〜。おしくらまんじゅうすると、躰《からだ》があったかくなるのよね。ほら、えいっ」

「も〜、おばさん子供みたい」

「桃子ちゃんはスタイルがよくて腰の位置が高いから、おばさんのお尻は届かないでしょ」

「届いてますよ。ほら」

あの天然に毒されたのか、桃子もふざけてお尻で夫人のお尻を押し返した。楓ももちろん真似をする。上月の妹の奈央《なお》や桜までもが参戦し、狭い台所で五人仲良くおしくらまんじゅうが始まった。

天然もあそこまでくるとお手上げだ。

貧乏子沢山《だくさん》の惣流《そうりゅう》家の人間と、由緒ある呉服屋の人間が仲良くやっていられるのは、上月家の人間があの調子だというのが大きいだろう。悪意とは無縁の世間知らず。醜《みにく》い感情を抱いたことがあるのだろうかと思ってしまう。

他人を疑うことを知らないお人好しだ。世の中私利私欲にまみれた連中も多いというのに、この金持ちどもは平和に脳味噌をやられてしまっていて危機感というものがまったくない。

生活費のために自分に言い寄る男から金を巻き上げてきた陸だけに、能天気なおばさんのことや世間知らずの奈央、おおらかなおじさんのことは結構好きだが、このまま家族ぐるみでおつき合いするのは、勘弁して欲しいというのが正直なところだ。

上月抜きならいくらでもいいが、この家族間の繋がりは陸と上月が恋人同士というところから始まっているのだ。花婿と花嫁の実家が親戚づき合いをしているような雰囲気さえある。

男同士だというのに、こういう構図が成り立っているのがどうしてもいたたまれない。

「どうしたんだい？」

「！」

陸に声をかけてきたのは、上月だった。

恋人という関係にあるというのに、陸の上月を見る顔は険しい。一度は上月を受け入れたものの、素直でない性格と男は男らしくという考えが根強く心にある陸は、当然のように二人の仲を認めてしまう家族たちに疑問を抱いている。

両家が仲良くすればするほど、上月との仲を考え直さずにはいられなくなるのだ。

「別に、なんでもねぇよ」

「ごめんよ。みんなが陸の家族に会いたいって言うから……」

声をひそめて言う上月に、危機感を覚えた。

もともと警戒心の強い陸だが、上月に対して抱くそれは他の人間に向けるものとは違う種類のものだ。悪意を持って近づいてくる人間を前にした時とは別の緊張が、陸を襲う。

「そんなにひっつくなよ。見られんだろうが」

「見られてもいいよ。どうせ公認なんだし」

「こ、公認ってな！　俺はまだあのこと怒ってんだぞ」

陸は、優しく笑う恋人の胸倉を摑んだ。

上月に家族の前で恋人宣言をされ、あまつさえあの一郎から交際の許しを得られてしまってから、すでにひと月半ほどが過ぎている。平和ボケした能天気揃いの上月家の人間ならまだしも、一郎までもが自分たちの仲を簡単に認めるなんて想定外だ。

しかも、小さな弟や妹たちは、にーちゃんに彼氏ができたと喜んでいる。

にーちゃんに彼氏。

こんな馬鹿なことがまかり通っていいはずがない。

特に小さな妹や弟の濁りのない瞳でその台詞《せりふ》を口にされると、自分がとんでもなく道を踏み外しているのだと思わずにはいられない。

「でも、けじめはちゃんとつけておかないとね。男らしくないだろう？　それよりここ、また怪《け》我《が》をしたのかい？」

「ああ、親父とやり合ったからな」

いきなり頬骨の辺りにできた切り傷に指で触れられて心臓が小さく跳ねた陸は、邪険に手を払って冷たく言った。しかし、上月の視線は優しく注がれている。

生傷の絶えない陸をそんな目で見るのは、上月がマニアックだからだ。

陸に興味を抱いたのも、包帯や眼帯をした陸をスリリングで魅力的だと絶賛し、綺麗だと言ってしまう変態だからだ。電車に揺られている陸を『孤高』だと言ったこともあった。

「何見てんだよ？」

「見てちゃダメなのかい？」

「ダメに決まって……、――ん……」

壁に押しつけられ、いきなり唇を奪われた。

こういうフェイントに、陸は弱い。

喧嘩が強かろうが、自分に言い寄ってきた男たちから散々金を巻き上げようが、本気の恋愛に関しては経験値が低いのだ。

荒野で生き抜くための術を身につけた獣が、いきなり優しい飼い主に引き取られてもすぐに懐けないのと同じだ。自分に牙《きば》を剝き、危害を加えようとする相手の出方はある程度予測がつくが、優しく包み込もうとしている人間が、いつどんなタイミングで手を伸ばしてくるのかなんてわからない。

素直にその手に頬をすり寄せて喉を鳴らせばいいのだが、それができないからこそ陸だとも言える。

「は、放せよ……っ。弟たちがいるんだぞ！」

「見られたら、恥ずかしい？」

「そういう問題じゃねーだろ。教育上の問題だ。テメーには道徳心とかねーのか」

生活費を稼ぐために、自分に言い寄ってきた男どもから金をむしり取っていた陸が道徳を語るなんて片腹痛いが、さすがに自分が男の恋人に唇を奪われているところを小さな弟や妹には見られたくなかった。

これ以上、この関係が正常だと刷り込ませてしまうのは避けたい。

「意外に真面目なんだね」

「て、てめぇがフザけてんだろうが。俺は普通だ」

陸は、優しげに笑う上月から目を逸《そ》らした。

まただ。

エリート弁護士が見せる、癖のある一面――。

優しい笑みの奥には、悪戯《いたずら》な悪魔がいる。

ただ、優しいだけの男じゃない。策略家で狡賢くて、意地悪だ。けれどもそんなところに惚れてしまったのは確かで、見つめられると胸がトクトクと音を立てる。

男相手にこんな気持ちになるのも耐えがたく、全力で逃げ出したくなる。

「ねぇ、イケナイことって、燃えるよね」

「放せって……」

階段の下に追いつめられると、陸は目許を染めた。腰に腕を回してくる上月に抗《あらが》うが、誰かに聞こえたらと思うと一郎と喧嘩をする時のような本気は出せない。

上月と殴り合いをしたら自分が勝つだろうということは、わかっている。喧嘩の仕方を十分に心得ている陸は、たとえ自分より体格がよくて腕力のある相手でも、地面に沈める自信と実績はあった。

それでもこうして上月の思うがままになっているのは、ひとえに戦術のせいだ。

惚れた弱みに加え、他人に聞かれてはいけない状況で迫られてはどうすることもできない。上月にはどうしても敵《かな》わないのだと思わされる瞬間だ。

「髪の毛、いい匂いだ」

クン、と匂いを嗅《か》ぐ上月に、陸は身を固くした。それは髪の毛にキスをされるのと同じで、ぞくっとなる。上月にそんなつもりはなくとも、躰が勝手に感じてしまうのだ。

狡猾《こうかつ》で優雅で知的な獣は、艶やかな銀色の毛をなびかせながら陸を襲い、追いつめていく。

「ごめん、感じちゃったかい？」

その言い方をやめろ……、と心の中で訴えるが、そんなふうに思うと、上月は必ず陸が嫌がることをするのだ。本気で嫌悪していないだけに、始末が悪い。

「ねぇ、このまま君を連れ去って抱きたいよ」

「いい加減にしろって」

「今度、マンションに遊びにおいで。泊まりでさ」

上月の腕から逃れようとするが、上手くできなかった。力ずくで押さえ込まれているわけではないのに、なぜか上月の抱擁《ほうよう》を上手くかわすことができない。

「おい、やめろって」

「君が『うん』って言ったら、やめるよ」

唇は髪の毛から耳の後ろに移動した。ぞくぞくとしたものが次々と背中を這い上がってきて、どうしようもなく息が上がる。このままでは、自分を見失ってしまいそうだ。

もし、ここが自分のうちではなく上月のマンションで、軽く酒でも入って都合のいい言い訳が

用意されていたら、自ら抱きつくくらいのことはしたかもしれない。

「は、放せって」

「陸の匂いを嗅いでたら、興奮してきた」

「馬鹿、押しつけんな……っ」

明らかに屹立《きつりつ》したそれをスラックス越しに押しつけられ、陸の若い躰はますます反応してしまう。素直に認められないが、陸も上月が好きだという気持ちはあるのだ。

そんな相手にこうして躰を密着されて欲望を抑えきれるほど、涸れてもいない。

「暴走しちゃいそうだ。ねぇ、陸。好きだよ」

「わ、わかったよ。てめぇが俺を好きなのはわかったから」

「好きだよ、陸。僕のこと、どう思ってるんだい？」

「き、嫌いじゃや、ねぇよ」

これが、陸にできる最大限の譲歩だった。家族がすぐ近くにいる場所で、同じ男に向かって「好きだ」なんて言えるわけがない。

頼むからこれで満足してくれと心の中で願うと、それが届いたのか上月はあっさりと躰を離してくれた。

「今日はこの辺で我慢しないと、本気で嫌われちゃいそうだ」

安堵《あんど》する自分が、恥ずかしかった。上月が怖いのだ。好きだから怖いのだということもわかっている。なんとも思っていない相手なら、こんなことをされたら半殺しにして終わりだというのに、相手が上月というだけでそれができないのが悔しい。

「あ、楓ちゃん」

「！」

振り返ると、楓が台所から顔を覗かせていた。

今のを見られてなかったかと焦りを覚えるが、まだ小さな楓は二人の間にある怪しげな雰囲気はわからないらしく、無邪気に両手を挙《あ》げる。

「ごはんー」

「もう準備できたのかい？　じゃあ、運ぶの手伝おうね」

楓のところに行く寸前、陸の首筋に上月が指先で触れた。肩に手を置いて楓のほうへ足を踏み出した瞬間、さりげなく触れていったのだ。たったそれだけのことに、躰は熱くなってしまう。どんな状況下でも、ベッドでのことを強引に思い出させる手だった。

（あ、悪魔だ……）

ドッと疲れてしまい、悩ましいため息を漏らす。

「へー、兄貴って上月さんにああいうこと許してるんだ？」

「……っ！　空《そら》っ！」

「よ。兄貴。ラブラブじゃん」

いつから見ていたのか。二階から顔を覗かせた空が軽く手を挙げてみせた。

壁に耳あり障子に目あり。

大家族の惣流家では、一時も気を抜けないことを忘れてはいけない。

「いいなー。俺も好きな奴と思いきり青春してぇ」

羨《うらや》ましげに言う空に「相手は男だぞ……」と突っ込んでやりたくなり、陸は階段を駆け上がって空と向き合った。両肩を手で掴み、他の家族に聞こえないよう小さな声で問いつめる。

「なぁ、空。お前はおかしいと思わねぇのか？」

「何が？」

「何がって、自分の兄貴が男と……、……っ」

言いかけて、自分の状況を口にすることに躊躇《ちゅうちょ》してしまう。しかし空は、なぜ陸がそんなことにこだわっているのかと言いたげな顔をしていた。

「別にいいんじゃねぇの？　俺、上月さん好きだし、兄貴には似合ってると思うぜ？」

「男でもかっ！」

「だって……好きなんだろ？」

「う……」

「あの親父に育てられたからなぁ、常識なんて気にしてらんねーっつーか。もう俺さ、感覚が麻痺しちゃってるよ。あ、飯用意できたみたいだ。行こうぜ」

空はそう言って、勢いよく階段を降りていった。上月に親しげに話しかけている声が聞こえ、この『普通の空気』は一体なんなんだと思ってしまう。

空はああ言ったが、常識外れの父親に育てられたからといって誰一人、二人の関係について『おかしい』とは思っていないのは、いかがなものか――。

周りが二人の関係を認めるほどに、陸の危機感はいっそう大きくなる。

(そう簡単に割り切ってしまうなよ……)

上月に触れられた部分はいまだ熱を持ち、本人がいなくてもその存在を強く主張している。

変わっていく自分に、耐えられなかった。男に耳元で囁かれ、さっきのようにセクハラ紛いのことをされても嫌いになれないのが不思議だ。

このままこの状況に慣れていき、上月に好きだと囁かれて心がとろんとなってしまうことにも慣れていくのだろうか。そして最終的には、なんの疑問も抱かずに、女のようにうっとりと見つめ返して躰を開くようになるのかもしれない。

そう思うと、なんとも言えない焦燥《しょうそう》に見舞われる。

やはり、このままではいけない。自分が自分ではなくなる。

なんとかして別れねば――自分が上月に惹かれていることを実感させられた陸は、その思いを強くするのだった。


陸を一人の女性が訪ねてきたのは、上月家の人間が陸のところに遊びに来てから五日ほどが経ってからだった。

「おい、惣流。お客さんだぞ！」

『河島板金《かわしまばんきん》』では、昼の十二時から一時間、午後三時から十五分間の休憩がある。

最近、バーリングの腕が上がってきたと先輩に褒《ほ》められてから、さらに仕事に対する意欲を持つようになっていた。給料はまだ安いが、これから技術を磨いていけば待遇はよくなる。日本の中小企業には世界に誇れる技術屋が沢山おり、陸もいずれその一人になろうと職人たちの技を盗むべく日々精進している。

ちょうど自分で作った弁当を食べ終えた陸は、すぐさま弁当を片づけて立ち上がった。

「今行きます」

ロッカーに弁当箱をしまうと、自分を呼びに来た先輩社員が耳打ちする。

「おい。お前、隅に置けねぇな」

「は？」

「あんなカワイコチャンが訪ねてくるなんて……彼女だろ？」

ぐひひひ……、といやらしく笑いながら陸を外へと押し出す先輩を見て、誰が来たのかと首を傾げた。

自分を訪ねてくるカワイコチャンとやらが思いつかない。

事務所を通って外に出ると、辺りを見回した。すると、駐車場の近くにオレンジ色のコートを着た人物がいるのを見つける。

奈央ではない。もちろん、桜や桃子でもなかった。

「あのー……、俺に用があるって、あなたですか？」

声をかけると、陸に背中を向けて立っていた彼女はゆっくりと振り返った。

「惣流陸って、あんた？」

気の強そうな女だった。年齢は陸より少し上だろう。

ウェーブのかかった髪の毛を一つに結び、後ろに垂《た》らしている。

服装はあまり派手ではないが、陸の目から見てもいいものを身につけているのはわかった。肩から下げているバッグは、陸でも知っているブランドのものだったし、首に光るネックレスについている小さな宝石にもイミテーションにはない輝きがある。

また、彼女の目は大きくてキリッとした顔立ちをしていた。いかにも生意気そうなのは外見からだけではなく、喋《しゃべ》り方からもよくわかる。言葉遣いもそうだが、ハキハキとした口調に性格がよく表れているのだ。

しかし、見ず知らずの女にあんた呼ばわりされる覚えはない。

「そうだけど、誰？」

陸を睨《にら》みつけるような目で見た彼女は、きっぱりとした口調で言った。

「私、筧里美《かけいさとみ》。要《かなめ》お兄様の婚約者よ」

「――――は？」

「だから！　上月要の許嫁《いいなずけ》って言ってるでしょ！」

きつい言い方と敵愾心《てきがいしん》剥き出しの目。陸と上月との関係を知っているのは確かだ。

突然現れた恋敵《こいがたき》に、陸はポツリと言った。

「許嫁って……」

「子供の頃に誓ったの。私をお嫁さんにしてくれるって。だから、あんたみたいな、男を誘惑するようなあばずれには、要お兄様は渡さないわ」

陸は、彼女をマジマジと見つめた。

その視線をどう感じたのだろう。彼女は目を逸らすと負けだと思っているのか、ますますきつく睨みつけてくる。

しかし、もちろん陸に敵意などなかった。

これはずっと待っていた展開ではないか。上月の家に初めて行った時に、心底望んだ状況である。

初対面の時、お育ちのいい上月家の人間はガラの悪い陸を見て眉をしかめるはずだった。自分の息子をたぶらかすあばずれだと、叩き出してくれるのが当然の成り行きだと思っていたのだ。けれども、平和に毒されてお花畑で踊っているような母や妹は陸を大歓迎し、二人の仲を応援すると言ったのである。おまけに頼みのお父様は陸をひと目見るなり「美人だ！」と喜び、社交的で友好的なハグで陸を歓迎したのだから、たまったものではない。

あの日以来、惣流家の人間を含めて理解のよすぎる周りの人間に頭を悩ませてきたが、やっと正常な神経の持ち主が目の前に現れたのである。

もう少しで、どういう反応が正しいのかわからなくなってしまうところだった。だが、もう間違わない。やはり、男が男とどうこうなるのはおかしいことなのだ。

男は女を愛するべきである。

「つまり、俺たちの仲を認めないってわけだ？」

「そうよ！」

「俺みたいなあばずれは、あんたの大好きな要お兄様には相応《ふさわ》しくないって？」

「そうよ！」

「何がなんでも俺たちの仲を引き裂くつもりなんだ？」

「だからそうだって言ってるでしょ！」

ああ、神様。

ようやく自分の味方が現れたと、里美の手を取って喜びたい気分だった。よくぞ自分の前に現れたと言ってバンザイをし、二人で手を組み、上月が陸を諦《あきら》めて二人が別れられるように頑張ろうと言いたかった。

だが、ここで出方を間違ってはおしまいだ。

ここは大好きな要お兄ちゃんを誘惑したあばずれだと印象づけ、徹底的に嫌われるのが一番効果的だ。

陸は『自称・要お兄様の許嫁』に協力してもらうことにした。そうすれば、あの艶やかな銀色の毛をなびかせて襲いかかってくる獣の手から逃れられる。自立心が強く、滅多《めった》なことでは他力本願なことを言わない陸だが、上月に関しては別だ。

自分たちの仲を引き裂いてくれるなら、存分にその力を発揮してもらおう。

「で？　言いたいことはそれだけかよ？」

陸はニヤリと笑い、流し目を彼女に送った。

これまで、躰目的で近づいてきた沢山の男を落とし入れてきたのだ。奈央ほどではなくとも、里美も家族の庇護のもと大事に育てられてきたに違いない。

そんな若い女の感情を逆撫でするのは、簡単だ。

「それだけって……」

「だからさー、宣戦布告するだけかよって言ってんの？　だったら俺はもう戻るよ？」

自分の言葉が少しも陸にダメージを与えてないとわかると、里美は怒りで顔を赤くした。

やはり想像通りだ。強がっていても、まだまだ世間知らずのお嬢様ということに変わりはない。

「お、男のくせに、恥ずかしくないの？」

「何が？」

「何がって、あなたねぇ！」

「だって、最初にアプローチしてきたのは、あっちだぜ？　要さんは俺がいいって言ってるんだし。悔しかったら色仕掛けでもなんでもして、取り返せばいいじゃん。お・ば・さ・ん」

上月をわざと下の名前で呼び、さらに最後の部分を嫌味たらしく言って余裕の微笑を浮かべる。

「なんですって⁉　あ、あなただって」

「俺まだ十九なんだけど、あんたはいくつ？」

「に、二十二よ」

「ふ〜ん」

意味深な目で頭のてっぺんからつま先まで眺め、さらに品のない台詞を放ってやった。

「女の賞味期限って、短いって知ってた？」

「──っ！」

「確かに俺は男だけど、口うるさいおばさんには負ける気がしないんだよねー。要さんは、俺の躰にぞっこんなんだし」

ふふん、と笑って躰の関係を仄《ほの》めかしてやると、里美はますます赤くなっていき、ついには目に涙を溜めた。それでもなんとか堪《こら》えながら、陸を睨みつけている。

「お、覚えてなさい！　絶対に要お兄様の目を覚まさせるんだから。今はちょっと気の迷いを起こしてるだけに決まってるんだもん。あんたなんかすぐにフラれるわよ。大体ねぇ、あんたみたいな貧乏人で育ちの悪い人を要お兄様がいつまでも好きでいるはずがないわ。釣り合うわけないもの」

彼女はそう言いきると、踵《きびす》を返して走り出した。

走り去る背中を眺め、それが視界から消えると軽くため息をつく。

さすがにいい気分というわけにはいかなかった。

上月と別れるためとはいえ、あんな嫌な台詞を口にしたのだ。子供の頃から上月を好きで、ずっとお嫁さんになるのだと決めていたのなら、どこの馬の骨とも知れぬあばずれに大事な人を持っていかれては悔しいだろう。

根性悪の泥棒猫のような嫌な性格をした男に、言いたい放題された里美の気持ちを考えると自分が嫌になる。

よく言うよ……、と先ほど里美に放った台詞を思い出してうんざりした。

しかし、罪の意識を頭の中から無理やり追い出して、上月と別れるためだと、強く意気込む。これを逃したら、もう二度と正常な判断ができなくなる。

(今ならまだ間に合うんだ……)

半ば強迫観念に似た思いを抱きながら、自分を奮い立たせた。きっと、これが正しい道に戻れる最後のチャンスになるだろう。

午後のサイレンが鳴ると、陸は急いで気持ちを切り替えて仕事場に戻った。


「ごめん、陸」

デート当日。

上月は顔を見せるなり、陸が予想していた通りの台詞を吐いた。上月の後ろには、里美が勝ち誇ったような顔をして仁王立ちしている。

早速来たな……、と自分の目論見《もくろみ》通りにコトが運んだことに満足した。

「従妹《いとこ》の里美。ついてきちゃダメって言ったんだけど、どうしてもついてくるって言って聞かなくて……」

「えー」

口ではそう言いながら、心の中ではしめしめとほくそ笑む。

あれだけ言ったのだ。上月と陸が別れるまで側《そば》にべったりついて、二人きりになれないよう目を光らせるのは目に見えていた。素直なだけに、行動を操《あやつ》りやすい。

「なんだ。久々に要さんと二人で会うのに、そんなのがついてくるなんて最悪」

迷惑そうに言うと、上月が「おや？」という顔をした。

いつも二人きりになるのを嫌がり、甘い言葉には顔をしかめ、悪態ばかりをついているような陸だ。こんなことを言い出すなんて不自然すぎる。

しかも、今まで一度だって上月のことを『要さん』なんて呼んだことはないのだ。

さすがに陸の目論見は見抜かれただろう。

だが、そんなことは初めからわかっていた。それでも里美に二人の邪魔をしてもらうのが有効だと思うからこそ、あえてこんなことを口にしているのだ。

「無理にでも置いてくりゃよかったのに」

「ふん！　残念だったわね。邪魔でもずーっと一緒にいてやるわ！」

「ベッドの中までついてくる気なんだ？」

「……っ！　あ、あなたねぇ」

「ま。それならそれでも俺は別にいいよ。人が見てると盛り上がるし。経験不足のおばさんにはわかんないだろうけど〜」

歌うような口調でからかってやると、里美はまた顔を真っ赤にした。気が強くても純情なところは歳下の陸から見ても可愛くて、自分が頑張らなくてもいずれ上月の気持ちが里美に移ってしまうかもしれないなんて思いが脳裏をよぎる。

(何考えてんだ……)

思考が乙女モードになっている自分に気づき、やはり一刻も早く上月と別れるべきだと思った。

「ねぇ、今日は外じゃなく、家でゆっくりしましょう」

余裕の態度を見せる陸の中でどんな葛藤《かっとう》が繰り広げられているか知らない里美は、これ見よがしに上月の腕に摑まった。

「僕のマンションなんて、来てもそんなに楽しくないと思うよ」

「違うわ。要お兄様の実家のほう。実はね、おばさまに要お兄様を連れて遊びに行くって連絡しちゃった」

「里美。そんな勝手は困るよ」

さすがの上月も我儘《わがまま》なお嬢様には手を焼いているといったふうで、ため息交じりに言う。

「いいぜ、俺は」

「え?」

「だって、おばさんにもう行くって言ったんだろ? 待ってんじゃねぇの?」

「ほら、あの人だってそう言ってるじゃない」

結局、上月の実家に行くことになり、三人はいったん上月のマンションに行き、車に乗り込むと実家へと向かった。息子が来るのを楽しみにしていたらしく、上月の母親はいつものフワフワとした雰囲気を振りまきながら笑顔で迎える。

「あらあら里美ちゃん、いらっしゃい」

「お正月に会ったばっかりなのに、また来ちゃいました」

「いつだって大歓迎よ。陸さんも、この前は楽しかったわ。今度はみんなでうちに遊びにいらっしゃいね」

家族ぐるみでのつき合いを彷彿《ほうふつ》とさせる言葉だが、里美の表情は余裕だ。

「今日は奈央ちゃんはお出かけですって？」

「ええ。踊りのお稽古のあとに、先生たちと新しくできたカフェに行くんですって」

「奈央ちゃん、踊り大好きだものね。次の発表会もまた見に行きますよ。あ、マリエッタも久しぶりね」

そう言って巨体をすり寄せて甘えるマリエッタの喉を撫《な》でた。

自分がいかに上月家の人間と親しく、深いつき合いがあるのかをアピールしている。昨日今日会ったような男とは違うのだと言いたいらしく、陸にチラリと投げた視線には余裕があった。

（そりゃそうだ）

陸はまだよく家の構造をわかっていないが、里美はよく知っているのだろう。マリエッタがある部屋のドアを爪で開けようとすると、「そっちは書斎だから入っちゃダメ」と言って抱きかかえた。

陸は、いまだにトイレの場所がわからない。

「今、お紅茶持ってきますね」

「お手伝いします」

「あら。ありがとう里美ちゃん」

「当然ですよ。女の子だもん。役立たずの男性お二人はそこに座ってて」

冗談めかして言っているが、里美の言葉に別の意図が含まれているのはわかる。

(ありゃ嫌味だな)

固めのクッションに尻を沈めながら、二人の姿がドアの向こうに消えるのを見送る。そちらに気を取られていたからか、上月が隣に座るまで自分たちの立ち位置を気にしていなかった。

気づいた時には遅く、顔を近づけられて耳元に唇を寄せられる。

「何を企《たくら》んでるんだい?」

「……っ」

吐息がかかり、ぞくりとした。

それは、ベッドでのことを思い出させるような囁きのせいでもあるし、弱い部分に息がかかって躰が反応したせいもある。

そしてもう一つ。

策略を張り巡らせることに関しては、上月のほうが一枚も二枚も上だが、そんな上月を欺《あざむ》こうとしているのだ。身震いしてしまうのは、仕方のないことなのかもしれない。

失敗すれば、きっとお仕置きが待っている。

「何って、何も企んでねぇよ」

「嘘。『久々に二人で会うのに、そんなのがついてくるなんて最悪』だって？　君はいつからそんなに素直になったんだい？　しかも下の名前で呼ぶなんて、ドキッとしたよ」

「う……っ」

さすがにあれはわざとらしかったかと、今さらながらに反省する。

「悪い子だね」

優しい目で自分を見下ろす上月に、頬が熱くなった。

本気でかからねば、とんでもないことになる——そんな危機感を抱かずにはいられない。

何か言い返そうと思ったが、里美が夫人とともに紅茶を持って戻ってきたため喉まで出かかった言葉を呑み込み、出された紅茶に軽くお辞儀をした。

前に来た時に出されたのとは違う、少し甘い香りのする紅茶だった。

「ねぇねぇ。里美ちゃんが見たいって言うから、昔のアルバムを出してきたのよ。これを開くのは久しぶり。陸さんも見て頂戴《ちょうだい》」

平和が服を着て歩いているような夫人は、嬉しそうに顔をほころばせながら分厚くて随分《ずいぶん》と年季の入ったアルバムを運んできた。開くと、中には沢山の写真が収めてある。

「あ。これ、一番古いのでしょう。おばさますごく初々《ういうい》しい」

アルバムの中には、生まれたばかりの頃の上月が写っていた。夫人に抱かれて笑っている。ページをめくっていくと、写真の上月は少しずつ成長していた。まさに人生の記録である。

(子供のうちは誰でも可愛いもんだな)

上月の幼少時代は愛らしかった。もともと白馬に乗った王子のような日本人離れした顔をしているのだ。可愛くないはずがない。今のようなしたたかさももちろんないだろう。

純粋で無垢《むく》な上月は、天使のようだ。小さな弟たちがいるせいか、写真の上月を見ると顔がほころんでしまう。

こんなに可愛ければどんなにいいか。

一瞬そう思ったが、隣に座るしたたかで狡い銀髪の獣をチラリと見て、そんなことはあり得ないと自分を戒《いまし》める。

「ね、見て。これ懐かしいわ。みんなで別荘に行った時のよ。夏休みになると毎年みんなで集まったわよね」

「そういえばそうね。里美ちゃんは泳ぎが得意だったわ」

写真にかなりの割合で里美も写っていた。それだけ上月家と深くつき合ってきたのだろう。思い出を次々と見せられているうちに、自分は本当に上月家の人間とは違う世界で生きてきたんだと思い知らされた。

別荘なんて、陸には縁のないものだ。

「里美ちゃんは、いつも要のお嫁さんになるって言ってたものね」

「それだけじゃないわ。要お兄様だって、私がお嫁さんになるって言ったら『いいよ』って言ってくれたもの。ね、そうでしょ？」

「え？　……ああ、そうだね。でも、売れ残ったらじゃなかったっけ？」

「あら、要ったらひどいわ。里美ちゃんは可愛いから、売れ残ったりしないわ」

「そう思うから言ったんだよ。本当に好きな人が現れたら僕のことなんか忘れるって意味」

「要お兄様より素敵な人なんていないわよ」

陸は、昔話に花を咲かせる里美と夫人を黙って見ているだけで、仲間に加わることはできなかった。上月はそんな陸を気にしているようだが、自分は傷ついたり疎外感を抱いたりするようなタマではないと、冷めた気持ちでその視線を無視する。

住む世界が違うのも事実で、里美ほど上月や上月家のことを詳しく知らないのも事実だ。

それをアピールされたからといって、卑屈《ひくつ》になるほどしおらしくはない。

（ガキっぽいことするな）

この程度の意地悪しか思いつかないなんて、やはり里美も大事に育てられてきた世間知らずのお嬢様だ。自分ならもっとひどい意地悪を考えつくだろうと思い、我ながら根性の悪さに頭が下がる思いがした。

住む世界が違いすぎることを見せつけられても、『だからなんだ？』としか思わない己の図太さに、逆に上月には相応しくない人間だと思わされる。

育ちや家柄の問題じゃない。心の問題だ。

そういう意味では、里美が意図したところとは違うが、結果的に彼女の作戦は成功していると言えるのかもしれない。

（この程度で意地悪してるつもりなんて、可愛いっつーか……。やっぱりお育ちのいいあんたは、お仲間同士でくっついたほうがいいんだよ）

陸は、適当に写真を眺めながら心の中で上月に訴えてみた。それが届いたかどうかはわからないが、陸の中では、自分の居場所はここじゃないんだという気持ちが確実に育っている。

ひとしきり写真を見ると、夫人は時計を見て友人が開催している人形展に行く予定があると言い、立ち上がった。

「要お兄様。車で駅まで送ってあげたら？」

「あら、いいわよ。歩いていけるもの」

「でもせっかくなんだし。ねぇ、要お兄様」

「そうだよ、母さん。車だとすぐだし、送っていくよ。往復でも十五分か二十分くらいだし」

上月は「すぐに戻る」と言い残して部屋を出ていった。来るか……、と思い里美を見ると、案の定すぐに攻撃を浴びせられる。

「残念だったわね。二人きりになれなくて」

早速、勝ち誇ったような顔で挑発された。

「あなたみたいな部外者が、上月家に足を踏み入れるなんて図々しいのよ。住む世界が違うんだから遠慮すればいいのに。これだから分別をわきまえない貧乏人は嫌だわ」

「貧乏なのは認めるけど、軽蔑されるいわれはないんだけど？　大体、あんた自分で稼いだことあんの？　俺は自分で金稼いでるぜ？」

「……っ」

一瞬、里美が怯《ひる》んだ。自分で稼いでいない人間が、他人の貧乏を嗤《わら》うことがどれだけ子供っぽいことなのかはわかったようだ。陸も、この部分に関しては本気で反論した。

里美は、たまたま金持ちの家に生まれただけだ。自分の性格をどれだけ非難されようが構わないが、働くことの大変さを知らない人間に、金のあるないを言われたくはない。

「か、要お兄様はあんたなんかすぐに飽きるわ」

「それはわかんないだろ？　従妹のあんたなんて、女として見られてねーんじゃねぇの？」

「あんたみたいな育ちの悪いホモに言われたくないわ」

「育ちが悪いのがなんだよ。要さんの家族は誰もそんなことは言わないぜ？　家族を差し置いてあんたにそんなことを言う権利あんの？」

「許嫁だもん。あるに決まってるじゃない。それにね、いい加減馴《な》れ馴《な》れしく要お兄様のことを名前で呼ぶのやめなさいよ！　男のくせに気持ち悪いったらないわ」

「要さん要さん、かーなーめーさーん」

「嫌ーっ、やめてっ！　大体ねぇ、貧乏が染みついててお兄様には似合わないの！　ちょっと顔の造りがいいからって、自惚《うぬぼ》れないでよね。要お兄様のカッコよさとは雲泥《うんでい》の差なんだから。あなたは所詮ブランド品を真似たイミテーションみたいなもんよ。品のない顔」

「なんだと？」

いつの間にか、陸も本気になりかけていた。里美の闘争心に火をつけようとしてわざと挑発していたが、今は先ほどまでの余裕は失っていた。女相手に本気になるなと思いながらも、強く言い返してしまう。

「貧乏のどこが悪いんだよ」

「本当のことを言っただけよ。貧乏が悪いんじゃなくて、貧乏なあなたがお金持ちの私たちとつき合うのが悪いって言ってるの。釣り合わないのよ」

「じゃあなんで要さんは俺を選んだんだ？　俺は初めは嫌って言ったんだけど……。長年一緒にいたのに、あんたはまだ従妹としてしか見られてねーみてぇだし。俺みたいな育ちの悪い性悪《しょうわる》猫に負けるあんたの魅力って、イミテーション以……」

言いかけて、陸はハッとなった。

さすがに言いすぎた。里美を軽く挑発するのはいいが、敗北感を味わわせてしまい諦められでもしたら本来の目的が台なしだ。そして、それ以上に女相手にここまで本気でやり合うのも、気が引けるのだ。

ロクデナシの父親に育てられた陸だが、ロクデナシにはロクデナシなりのポリシーがあり、女は男が守るものだという考えを叩き込まれてきたため、ぐす、と目に涙を溜める里美に罪悪感が募《つの》る。

言いすぎたと謝るべきか、このまま悪人に徹するべきか――。

しかし、悩んでいるところでドアが開いて上月が戻ってくる。

「ただい……」

「要お兄様ぁぁぁ〜〜〜〜っ」

里美は大きな声で言ってから、上月に抱きついてさめざめと泣き始めた。そして、上月に見えないよう陸を振り返ってから『あっかんべー』と舌を出す。

(そ、そういうことか……)

里美の手強さを思い知った瞬間だった。こめかみに血管を浮かべながら泣き真似で上月の同情を買う里美を見て、陸はつくづく思い知った――女の涙は武器になる。


結局、夕方まで上月の実家で過ごし、夕飯をみんなでとって解散となった。上月は車に二人を乗せると、駅まででいいと言い張る陸をロータリーで降ろし、里美を家まで送り届けると言って車を発進させる。

人混みに紛れて電車に乗り込む陸の足取りは、重かった。窓の外を流れる景色をぼんやりと見ながら、しばし電車に揺られる。

(あー、疲れた)

自宅最寄りの駅を出ると、散歩がてら家までの道をゆっくりと歩いた。寒いが、歩くのは嫌いではない。マフラーに顔を埋めて散歩をしていると、冷たい空気のせいか思考が冴《さ》えてくるため、よくこうして考え事をするのだ。

しかし今は、自己嫌悪を増幅させるばかりで、あまりいい時間だとはいえなかった。

「っていうか、なんで本気で女と張り合ってんだよ。馬鹿だろ、俺」

徹底的に嫌われて自分たちの仲を引き裂いてもらうためとはいえ、我ながら嫌気が差して落ち込んでしまう。あんな姿を一郎に見られたら、「そんな腐った根性の持ち主に育てた覚えはない！」と殴られるだろう。

自分でも自分を殴りたいくらいなのだから……。

「くそ～」

上月と別れるために、嫌な性格の男を演じなければならない。しかし、演技とはいえ己の口から飛び出す言葉には我ながら耳を塞ぎたくなるものも多くて愛想が尽きる。しかも時々本音も出てしまい、どこまでが演技でどこからが演技でないのかわからなくなり、自分で自分が嫌になるのだ。

この状況は、陸のような性格の人間には耐えがたい。一刻も早くケリをつけたいところだ。

その時、後ろから車がゆっくり近づいてきたかと思うと、陸の横で止まった。パワーウィンドウが下がると、中から上月が顔を出す。

「陸」

「……っ！　な、何してんだよ？」

「里美を送り届けた帰り。ほら、乗って」

嫌だと言おうとしたが、後ろから来た車にクラクションを鳴らされ、仕方なく乗り込んだ。もう帰るところだというのに、上月が何を考えているのかよくわからない。

「ごめんよ、陸。今日は邪魔が入って」

「何しに来たんだよ？」

「君をさらいに……。やっと二人きりになるチャンスだから」

「家すぐそこなんだけど？」

「まだ七時だよ」

夜はこれからだ、とも取れる発言に身構えるが、走行中の車から飛び降りる気にはなれず黙ってシートに躰を預ける。家の前を通りすぎてしまうと、完全に諦めの境地に陥り、どこへでも連れていってくれという投げやりな気持ちになってしまっていた。

（しかし、何が『君をさらいに』だ。相変わらず歯の浮くような台詞だな）

心の中で悪態をつき、チラリと上月の顔を見る。しかし、上月の横顔にはキザな台詞も似合ってしまう特別なオーラを感じた。上月なら、何をしても絵になる。

まさに選ばれし者といったところだ。

見惚れてしまっている自分に気づき、無理に引き剝《は》がすように上月から視線を逸らす。まだ見ていたいと陸の一部が訴えるが、その気持ちは、はっきりとした自覚になる前に陸自らの手で叩き潰された。

「でも、いいのかよ？　あいつが知ったら、また泣くぞ」

「いいんだよ。今日はもともと君と二人でデートだったんだし」

里美は上月が自分を送り届けたあと、一度別れた陸と再び合流するなんて思ってないだろう。強がっていても、そういうところに人の好さや育ちのよさが出る。

基本的にいい人間に囲まれて育った人間は、他人を疑うことを知らない。特に上月のように信頼を傾けている相手に対してはそうだろう。

騙《だま》されやすく人を疑うことを知らないというのは、ある意味幸せなことだ。そして、素敵なことでもある。

意外なところで里美のよさを感じてしまい、自分と比べてしまった。

陸は警戒心だらけで、何も危害を加えようとしていない人間まで疑って遠ざけてしまうところがある。つまり、自分がそういう人間だということの裏返しでもあるのだ。これまで他人を散々騙してきたからこそ、手放しに他人を信じられない。

「どうしたの？　ぼんやりして」

「……別に、ぼんやりなんかしてねーよ。それより、あんたのマンションには絶対に行かねーからな」

「どうしてだい？」

「俺がそんな抜け作だと思ってんの？　こんな時間にあんたの部屋に行ったら、何されるかわかんねーもんな」

「はいはい。わかりました。じゃあ、ドライブしよう。いいところを知ってるんだ」

優しく笑う上月に頬が熱くなり、それを見られまいと窓の外に目をやった。

外の景色は次々と変わり、ネオンが目立ち始めるとさらに車は加速する。外を見ていると、里美とやり合って気を張っていたのか、睡魔が降りてきて瞼《まぶた》が重くなった。車の振動も心地よく、深く、深く眠りへと落ちていく。

優しく自分を揺り動かす手に目を覚ましたのは、最後に時計を見てから一時間ほどが経ってからである。

「陸。起きて。着いたよ」

「んあ?」

「ここが穴場だよ。この前教えてもらったんだ。星がよく見えるよ」

そこは自然公園のような場所だった。人気はまったくなく、街頭の光すら見当たらない。よくこんな場所まで車を乗り入れられたものだと感心する。

外に出ると、白い息を吐きながら空を見上げた。空気が冷たいせいか、星がよく見える。星を眺めるなんて一銭にもならないことはしないと思っていた陸だが、見るとこれが意外に感動的で言葉を失いそうになる。

「天体に疎《うと》くても、オリオン座は見つけやすいよね」

「へぇ、こんなにはっきり見えるもんなんだ」

手に息をかけて温めながら、陸は小学生の頃に教わったオリオン座に目をやった。明るい星二つが、リゲルとベテルギウスだということは覚えている。

「流れ星出るかな？」

「んなもんそう簡単に見られるかよ。大体なぁ、男が流れ星見てどーすんだ？　宝クジでも当たるんなら願掛けくらいはするけどな」

わざと色気のないことを言ってやるが、上月は陸が照れ臭く思っているのを見抜いているらしい。優しく笑って続ける。

「流れ星って意外に沢山流れてるもんなんだよ。こういう星がよく見える場所で一時間も空を見上げてたら、必ずいくつか遭遇するんだ」

「ま。楓や月《つき》辺りなら、流れ星見て喜ぶかもな～」

「じゃあ、今度はみんなで来る？」

「わざわざそこまでしなくていいよ。っていうか、あいつらを手懐けて周りから固めていこうなんて思ってねーだろうな」

「心外だな。そんなふうに利用したりはしないよ」

さりげなく陸の手を取った上月は、握ったまま自分のポケットに手を突っ込んだ。どさくさ紛れに何をするんだと睨み、ドスの利いた声で言ってやる。

「おい、何やってんだよ？」

「だって寒そうだし」

「寒くねぇよ」

「いいからいいから」

空を見上げる上月の横顔を見ていると、天体ショーを繰り広げる空からギリシャ神話に出てくる美しい英雄が舞い降りてきたような気になった。陸の手を取り、「おいで」と言って神話の世界に連れ出そうとしている。

「――っ！」

自分の思考に乙女の片鱗《へんりん》を見つけてしまい、ガラじゃないとすぐに頭に浮かんだ妄想を振り払った。

（ア、アホか俺は……）

陸は上月の手を無理やり剥がしてポケットから手を出すと、車のドアを開ける。

「ったく、油断も隙もありゃしねー。ほら、こんなところにいたら風邪ひくだろ。帰るぞ。さっさと車出せ」

さすがに歳上に向かってこういう言い方はどうかと思ったが、この男は甘やかすとつけ上がるのだ。少しでも甘い顔を見せると、途端に牙を剝き、ご馳走《ちそう》を前にした狼のように真っ赤な口を開けて襲いかかってくる。

気をつけなければ。

「わかりましたよ、ご主人様」

上月は少しも気にしていない様子で車に乗り込むと、すぐにエンジンを始動させた。

暖房の利いた車内は暖かく、冷えた鼻先が温まっていくのがわかる。

「何怒ってるの？」

「怒ってなんかねぇよ。早く車出せって」

「それは聞けないな」

「てめぇ、何……、——わっ！」

いきなり上月の手が助手席のシートに伸びてきたかと思うと、あっという間にシートを倒されてしまった。目の前には、ほんの先ほど見惚れていた上月の顔がある。

選ばれし者しか手にすることのできない美貌。そして気品。何もかもが自分なんかとは違うと思い知らされる。艶やかな銀色の毛をなびかせている美しい獣は、優しい笑顔を振りまきながらも、その実鋭い牙をもって目をつけた獲物に襲いかかる。

「な、何しや……、——ん……」

抗議の声は、上月の唇の下に消えた。

唇を離すなり、恐れを知らぬ勇敢な王子は陸が怒り狂うようなことを口にした。

「やっぱり、君はちょっと抜けてるよね。君のことをどうしてやろうかっていつも思ってる僕の前だっていうのに、隙だらけだ」

「な……っ」

優しく笑う上月は、恐ろしく美しかった。

自分はそんなに抜け作じゃないと言ってマンションに行くのを拒んだが、こんなことを許せば同じだ。まさか車の中で迫られるなんて思っていなかった。

こんな人気のない場所まで連れてこられた時に、なぜ気づかなかったんだと己の馬鹿さ加減に愛想が尽きる。

「ね、陸」

「おい、ちょっと待てよ」

「ここってカーセックスの穴場でもあるんだって」

「さ……っ、最低だな……、――ぁ……っ！」

こんな狭い車内では、抵抗らしい抵抗などできなかった。脚や肘が当たって、思ったように躰を動かすことができない。得意のエルボーも延髄《えんずい》斬りも、完全に封じられている。

「陸。やっと君に触ることができた」

「勝手に盛り上がってんじゃねーよ！」

「じゃあ、一緒に盛り上がろう」

「ぁ……っ！」

シャツの中に手が伸びてきて、陸は思わず声をあげた。

「つ、冷たい！」

「君の肌で温めてもらっていいかい？」

「いいわきゃねーだろう！」

次々と恥ずかしい台詞を注ぎ込まれ、頭に血が上る。けれども顔が火照《ほて》っているのは、怒ったからではなかった。

逃げられない——早々に観念させられることへの屈辱。同時に目覚める自分の中の女。

愛撫を待ち侘びていたのだと、陸の一部が訴え始める。抵抗する手に力が入らないのは、明らかにそのせいだった。


先ほどまで冷たかった上月の手は、今は信じられないほど熱くなっていた。手のひらで躰を撫で回されているうちに陸の若い躰は火がついたようになり、抑えが利かなくなる。

「ぁ……っ」

首筋に埋められた上月の鼻先が冷たくて、ビクッと躰が跳ねた。しかし弱い部分に這《は》わされる舌は熱く、鼻にかかった声を押し殺すことができない。

「……っ、……んぁ……、……はぁ……っ、やめ、……ろ……」

「どうして?」

ボタンを外され、胸板をあらわにされる。無防備に晒《さら》された胸の突起に時々上月の袖が当たり、くすぐったいような妙な気分になった。

鳥肌が立っているのは、決して寒いからではない。

(誰か、来たら……どーすんだよ……)

そう思いながらも、すでに上月の躰を撥《は》ね除けて外に逃げ出すほどの理性は残ってなかった。次にどんな愛撫をされるのだろうかと、陸の躰は待っている。

いや、心もすでにこの行為の虜《とりこ》になりつつあった。

まだ数えるほどしか上月と躰を繋いでいないが、それでも少しずつ男を受け入れて感じる躰に変えられてしまっているのだ。気がつかないうちに感度がよくなり、上月の求めに応じるようになっている。

「――あ……っ！」

胸の突起を唇で刺激され、陸は漏れそうになった声を喉の奥で噛み殺した。諦めて、憚《はばか》らず声をあげてよがりまくることができる性格なら少しは楽になるだろうが、それが簡単にできるならこんなところで上月に襲われてなんかいない。

誰の目も届かないマンションのベッドルームで、じっくり愛されていたことだろう。

「も、……いい加減に……」

「君が僕の部屋に来てくれないからだよ」

「だからって……こんなところで、すんのかよ……っ」

「だって、空を見上げる君の表情が、あまりに綺麗だったから……」

どっちが綺麗だと、先ほどの上月の横顔を思い出して無意識に上月を絶賛するようなことを考えてしまう。どんなに育ちのいいボンボンだと思おうとしても、恵まれた環境に生まれた、ただの甘ったれではない。

弁護士という職業柄、上月のやり方に狡いと抗議したくなることもよくあるが、それが魅力になっている。

物腰が柔らかく、目を細めて微笑みかける表情は女の子が子供の頃に憧れた夢物語に出てくる王子様のようで、その実、奥には狡賢い獣が隠れている。

ただ優しいだけの男だったら、陸もここまで好きにはならなかっただろう。

狡い大人。いつもどうやって陸に甘い牙を立ててやろうかと狙っている。大人の頭脳と狡猾な狩りのテクニックで自分をあばずれだと言う陸を騙し、腕の中に誘い込み、純情な子だと笑いながら優しく抱く。

画策することに関しては、上月には敵わない。

(冗談じゃ、ねぇよ……)

陸はこの行為に溺《おぼ》れながらも、完全に心を委《ゆだ》ねることができないでいた。

惹かれるほどに、素直になれなくなる。自分の中の変化についていけなくて、戸惑ってしまうのだ。男相手に心臓を高鳴らせたり、横顔に見惚れたりすることにまだ慣れない。

先ほどまで車内の暖房はちょうどよく感じていたが、今は利きすぎだ。顔が火照ってしまい、思考がぼんやりとする。苦しくて、くらくらして、自分が違う自分に変わるのを手をこまねいて見ていることしかできない焦燥。恥ずかしい自分。

勘弁してくれと言いたくなる。

「ん……、……はぁ……、……あぁ……」

「ほら、ちゃんと言うことを聞いて」

脚をズボンから引き抜かれ、肩に担ぎ上げられると固く閉ざした蕾を指で探られる。

「そ、それ……っ」

「大丈夫。ジェルだよ。準備はしとかないとね」

「てめぇ、最初から……この、つもりで……っ」

「当たり前だろう？」

優しく笑いながらも、上月は容赦なく指で蕾を押し広げ始めた。うっとりするような優しい目をしながら、こんなふうに強引に陸の躰を開かせようとする。優しくて意地悪な捕食者。

そのギャップに心が蕩《とろ》かされる。

「ぁ……っく」

指がじわりと入ってきて、陸は掠れた声を漏らした。逃げようにも自由を奪われていてできず上月の思うままだ。ただ、耐えることしかできない。

くちゅ、と微《かす》かに濡れた音が聞こえると、陸は自分がどんなことをされているのかを見せつけられたような気分になり、この現実から目を逸らしたくなった。

聞きたくない。上月の指を咥《くわ》え込んでいる音なんて、聞きたくない。

「ぁ……、……ぁ」

「ほら。少し解《ほぐ》れてきたよ」

「だ、黙れ……っ」

解れてきた——なんて恥ずかしい台詞なんだろうと思う。男の後ろに指を入れてそんな台詞を吐くなんて、どうかしている。そして、そんなことを言われて感じている自分は、それ以上にどうかしている。

混乱の中で抗いながらも、徐々に溺れていく。

「柔らかくなってきた」

「だ……っ、だから……黙れって……っ！」

「僕のことが欲しいんじゃないかってくらい、ひくついてるよ」

「……っ、……黙、れ……っ、——ひ……っく、……だま……、……れ……っ」

「ほら、すごく締まってる」

「んぁ……っ、……だ……、……れ……ッ、……っく、……んぁあ……っ！」

「気持ちいい、気持ちいいって吸いついてくる。もっと欲しいのかい？」

自分の状態を言葉にされて責められることが、陸にとって一番耐えがたいことであり、同時に感度がよくなる手助けをするものでもあった。

黙れ。黙れ。黙れ。

何度も繰り返すが、上月は陸が泣こうが喚《わめ》こうが関係ない。いや、本当に嫌がっていないと知っているからこそ、強引に行為を進めるのだ。陸の中に、自分の愛撫に悦《よろこ》び悶《もだ》える獣がいることをちゃんとわかっている。

「んぁあっ、……あ、……ぁああ」

二本目を挿入され、中を掻き回されてますます頭がぼうっとなっていった。上月を咥えた場所は、まるで幾人もの男を咥え込んだかのように、柔らかく解れ、指に吸いつき、しゃぶり尽くそうとしている。

濡れた音はさらに卑猥《ひわい》に陸の耳に流れ込んできた。素直でない陸の代わりに、本音を吐露《とろ》しているようだ。

「声、殺さないで。素直に受け入れたほうが楽だよ？」

「ん、……んぁ……あ……、ぁあー……」

次第に声を抑えられなくなり、促されるまま啼《な》いた。今、陸は全身で自分の気持ちを訴えているのと同じ状態だ。

早く欲しい。早く、そこに欲しい、と……。

「もう、欲しいかい？」

「だ、……誰、が……、……んぁ……はぁ……っ」

あくまでも意地を張り続ける陸だが、そんなことをしても自分の首を絞めるだけだ。まだ素直になれない陸を愉《たの》しむ余裕のある男は、わざと陸の表情を眺めながら挿入した指を巧みに操り、陸の口から甘い歌声を引き出そうとする。

「……ぁ、あ、……はぁ……、——ぁ……っ、ああっ！」

やめてくれ……、と頭を振りながら溺れまいとあがくが、さすがに限界だった。上月はさらにジェルを足して陸の蕾を解す。濡れた音はさらに大きくなり、ぐちゅ、ぐちゅ、と卑猥な音が車内に流れ出している。

「やめ、ろ……、やめ……」

「素直でない子には、お仕置きだ」

「んぁ……、はぁ……っ、……ば、馬鹿……っ、何、……調子に……っ、……んぁあ」

「僕のことが欲しいなら、ちゃんと言葉にするんだよ」

誰が言うもんかと唇を噛むが、それを見た上月はますます調子づく。耳朶《みみたぶ》に唇を当て、芝居がかった言い方で陸が怒るようなことをわざと口にするのだ。

「いやらしい音が、聞こえてるかい？　君のあそこが、僕の指をしゃぶっている音だよ」

「……っ！」

「まだ意地を張るつもりかい？」

「んぁあっ！　あ！　ぁああっ！」

ヘンタイ、と罵倒してやろうかと思った途端、前立腺をぐぃぐぃと刺激されて言葉を呑み込む。もう限界だ。熱くて、疼《うず》いて、どうしようもない。

「陸、僕を見て」

「……ぁ」

切れ切れに息をしながらうっすらと目を開けると、ぼやけた視界の中に、美しい獣がいた。見惚れるほどの高貴な存在に、自分のすべてを捧げることが当然だと錯覚してしまう。

「綺麗だよ、陸。そんな目で見られると、歯止めが利かなくなってくる」

陸は、上月の肩をぎゅっと摑んだ。俺は何をやっているんだ……、と思いながらも、目を閉じて縋りついてしまう。

「あんまり苛《いじ》めると、嫌われそうだね」

「あ！」

上月の熱く屹立したものが、蕾に押し当てられる。グィ、とねじ込まれ、息をつめた。

「ほら、力抜いて」

注ぎ込まれる優しげな台詞。けれどもその行動は優しくなんかない。まだダメだと、優しくしてくれと懇願する躰の訴えを無視して強引に押し入ってくる。

「ぁ……っく、……はぁ……、――はぁ……っ！」

酸素が欲しくて、陸は大きく息を吸い込んだ。

(む、無理だ……っ)

その訴えは声にはならず、上月の侵入を許してしまうことになる。

「ひ……っく、……っく！、ぁ……、……っく、……ぁ、……あ！」

上月の屹立がミリリ……、と押し入ってきて、陸は無意識に上月の肩に指を喰い込ませた。縋りつき、嵐が過ぎるのを待つように切れ切れに息をする。

躰が小さく震えているのが、自分でもわかった。寒さのせいではなく、快楽のせいだ。もしかしたら、上月をいっぱいに咥え込んで歓喜しているのかもしれない。

「もう、少し、だよ」

「ぁ……、やめ……っ」

「陸」

「あ、あっ、――んぁああ……っ！」

陸は、掠れ声をあげながら根本まで受け入れた。躰がジンジンして自分のものではないようだ。細胞の一つ一つが発熱している。もっと欲しいのか、もう許して欲しいのか、自分でもよくわからない。ただ、このまま行為を続けたら、どうにかなってしまいそうだ。

いや、もうどうにかなっている。

普段の陸は、快楽に濡れた甘い声など漏らさない。

「どうしたの？　感じすぎちゃって死んじゃいそう？」

「馬鹿、言え……っ、――んあぁぁ……」

「要さんって呼んでくれよ。里美の前では、そう呼んでただろう？」

「誰が……、……ぁあ！」

里美に当てつけてそう呼んでいたことを後悔するが、今さらだ。上月はしきりに下の名前で呼ぶことを陸に強要し始めた。何度も嫌だとつっぱねるが、こういうやり取りすら愉しんでいるのだ。意地を張る陸の言葉を腰の動きで遮ることの醍醐味《だいごみ》を味わっている。

「ほら、要さんって呼んで」

「い、嫌……だ」

「どうして？」

「ど……して、……も……、だよ……っ、ヘンタイ……ッ……はぁっ、……ぁあっ、あ！」

悪態をつくなり引き抜かれ、また深く貫かれた。悔しくて意地を張るが、そうすればするほど陸は追いつめられていく。

「ぁあ……、……ん、……はぁ……っ！　ぁ……あ……ん、……んぁあ……ん、――んあぁ……」

上月の思いのままに声をあげる自分が情けなく、どうにかしなければと思うが、もがけばもがくほどずぶずぶとこの行為にはまっていくのだ。いったん獲物の足を捕らえた底なし沼は、決してそれを逃そうとはしない。

「か、要さ……っ」

無意識のうちに、鼻にかかった声で上月を呼んでいた。自分はどうしてしまったんだと思いながらも、ひとたび口にすると止まらなくなり、繰り返し上月の下の名を口にする。

「要さ……、……要さん……っ」

「可愛いよ、陸。綺麗だ。綺麗で可愛くて、苛めたくなる。君が泣く顔が、もっと見たい」

自分は泣いているのか……、とぼんやりと思い、確かに視界が滲んでいるなと思った。

それに気づいた瞬間、ツ……、と目尻から涙が零《こぼ》れる。あまりの快感に、涙腺が緩んでしまったのだろう。どんなに取り繕《つくろ》っても、事実は一つだ。

（あ……）

一度目を開けてしまうと、自分がどんな格好で上月を受け入れているのかを目の当たりにさせられ、顔がカッと熱くなった。

左足が助手席の窓に当たっているのが見える。車の中で脚を広げ、男を咥え込んでいるのだ。また、上月の動きに合わせて車が揺れているのがわかった。次第に激しくなっていく動きに合わせて、窓に収まっている星が揺れて見える。

誰かが通れば、車の中で何をしているのかなんてすぐにわかるだろう。陸も中学の頃、悪友たちとカーセックスを覗いたことがある。

中で男と女が激しく交わっているサマは、中学生にはかなり刺激的な光景だった。

自分も今、あの時に見たのと同じことをしている。しかも、女を抱いているのではなく、男に抱かれている――そう思うと、自分がどんなに恥ずかしいことをしているのかを見られるかもしれないという思いに、ますます躰は感度をよくしていく。

「ぁ、あ、あ、あっ、あぁー」

「どう、したんだい？」

「ああっ、……要さん……っ」

陸はいつの間にか上月の腰に腕を回して指を立てていた。強烈な快感に突き上げられるたびに指を肌に喰い込ませて「イイ」と訴える。上月もそんな陸を見て、理性を失いかけていた。

「陸、そんなに締めつけて……っ、イケナイ、子だ」

普段なら、そんな物言いをされたら拳の一つも握るだろうが、今は「聞きたくない」と眉をひそめながら頬を染めるだけだ。お願いだから、それ以上は言わないでくれと懇願することしかできない。

「陸……っ、君の、中に……出して、いいかい？」

「要さん……」

「陸、――陸……っ」

「んぁ、ぁあっ、そこ、そこ……っ、――んぁぁあああ……っ」

陸は自分の中に、上月の熱いほとばしりを感じながら二度目の絶頂を迎えた。射精はいつまでも持続し、しばらく射精の余韻に浸る。上月のほうもいつまでも治まらないようで、陸の中の上月は放ってもなお隆々としており、時折ビクッと震えて陸を中から刺激した。

「はぁ……、……陸、……」

陸は耳元で自分の名前が呼ばれるのを聞きながら、ぼんやりと思う。

(死ぬかと、思った……)

窓の外に視線をやると、星空は何事もなかったかのように静まり返っていた。


最低だ。

上月《こうづき》と車の中でセックスをしてしまった陸《りく》は、これまでにないほど落ち込んでいた。あそこで理性を捨ててしまう自分の堪《こら》え性のなさに呆れる。『若いから』で片づけられたら、どんなにいいことか。単に肉体的な快楽に溺れてしまっただけなら、ここまでダメージを受けていないだろう。

陸が上月に逆らえない理由は、そんな単純なことではない。

高貴な雰囲気を持つあの男の優しい視線は陸を魅了し、陸の身も心も蕩《とろ》けさせてしまう。実体などなくともそれはいとも簡単に注がれる者の身動きを封じ、自由を奪い、魅了し、そして虜《とりこ》にしてしまう。

どんなにあがこうが、逃れることなどできない。

甘い囁きも誰もが口にできるものではなく、限られた者にしか使うことを許されない特別なものだ。もし、他の人間が同じことを言えば、自分に酔いしれているだけのナルシストだと失笑を買うだろう。

言葉一つとっても、上月は特別だと思えてならないのだ。

「ちょっと！　聞きたいことがあるのよ！」

「……なんだ、またあんたか」

庭の縁側でタバコを吹かしていた陸は、塀の向こうから顔を出した里美《さとみ》を見てげんなりした。

悩みすぎて神経がくたびれているのに、このお嬢さんの相手をしなくてはならないのかと思うと疲れがドッと押し寄せてくる。

しかも今日は、上月はいない。

デートの邪魔をしてもらう必要はないのだ。おまけに今から楓《かえで》たちを起こして朝食を食べさせなければならないというのに、里美の相手などする時間なんてなかった。

「わざわざ俺んちまで来るなんて、あんたも暇だな」

「誤魔化《ごまか》さないでよ！　この前のデートの帰り、要《かなめ》お兄様の携帯に繋がらなかったのよ。あんた帰ったふりして、あのあとお兄様を待ち伏せしたりしたんじゃないでしょうね！」

「してねぇよ」

「嘘！」

里美はそう怒鳴りつけてから、玄関を回って庭に入ってきた。

またしつこく絡まれるのかと思うとシラを切ったほうがいいように思ったが、そうすると自分がそうしたくて里美の目を盗んで上月と会ったみたいで嫌だった。おまけにここで上月と会ったと認めてしまえば、里美は警戒を強めるだろう。

徹底的に邪魔してもらうためには、たとえ面倒でも自分が抜け駆けをしたことを知ってもらわねばならない。

「待ち伏せしてないのは本当だって。ただ、あんたを送ったあとに、要さんが俺を追いかけてきたんだけどね～」

「最低！　人でなし。変態！　媚《こ》び媚び淫乱《いんらん》男！」

陸は指を耳の穴に突っ込んで、里美の罵倒をシャットアウトした。しかし大声で喚《わめ》いているため、なんて言われたのかはっきりと聞こえる。

里美をまいて二人で会っただけでこれだ。車の中で何をしたのか知ったら、もっとひどいだろう。ショックのあまり卒倒するかもしれない。

（あ〜あ、いいよなぁ。何も知らないお嬢さんは……）

純粋なままでいられたらどんなによかったか。

汚れた人間にしか言えない台詞《せりふ》を心の中で呟いて、陸はため息をついた。

「ちょっと、何そのわざとらしいため息」

「べっつにぃ〜。で、なんの用？　今日は要さんと会う予定はないし」

「そんなの関係ないわ。あなたがお兄様を諦《あきら》めるまで、しつこくしつこくまとわりついてやるんだからね」

手のうちを明かすなんて、やはり素直な女だと思った。心が綺麗《きれい》な敵に視線を送り、これから彼女にさらなる喧嘩を吹っかけなければならないことに少々後ろめたさを感じる。

「あんたさ、暇なら手伝ってよ」

「何をよ？」

眠い目を擦りながら奥から出てきた楓を見つけた陸は、咄嗟《とっさ》にいい考えを思いついた。我ながら底意地の悪い奴だと思うが、実行させてもらうことにする。

敵だろうが、そこにいるものは使わなければ損だ。

「楓。ご飯食べるぞー。今日はあのお姉ちゃんが食べさせてくれるんだと」

「ちょっと、私子供なんて苦手なんだから」

「台所に準備してあるから頼むなー。俺、今のうちに洗濯片づけとくから。楓から目ぇ離して怪《け》我《が》でもさせたらタダじゃ済まねぇぞ」

陸がさっさと妹の世話を放棄すると、里美は困りながらも縁側から家に上がり込んで恐る恐る楓の手を取った。それを確認し、桜《さくら》の代わりに仕上がった洗濯物を干しに二階に上がって部屋に掃除機をかける。そして自分の担当の風呂掃除を済ませて、台所を覗《のぞ》いた。

子供用の椅子に座らされた楓と里美の背中が並んでいる。

「ほら、前見て食べなさい」

陸に向かって貧乏人だの育ちが悪いだの散々悪態をついていたくせに、陸の家族を見て見下したりしている様子は微塵《みじん》も見られなかった。子供が苦手だと言っていただけあり、扱いも慣れてはいないが、里美なりに一生懸命なのがわかる。

「これ、食べるの？」

「うん」

「ほら、じゃあ器持って。零さないのよ。え、何？　なんで嫌なの？」

楓がぐずっている理由がわからないらしく、お茶を飲ませようとしてみたり別のおかずを食べさせてみたりしようとしたが、楓は首を横に振るだけだ。それでも根気強く楓の要求がなんなのかを探っている。

そして、肉団子が大きすぎるのだと気づいた里美は、ようやく難解な数式を解いた数学者のような顔をした。

「あっ、これ？　えー、何もう。こんなのも食べられないの？　ほら、お姉ちゃんが小さくしてあげるから。……このくらいならいいの？　え、ダメ？　じゃあこのくらいは？　いいのね？」

里美らしいやり方だった。

言い方は少し厳しいしつっけんどんとも取れるが、黄色い声で「可愛い～」と言って大袈裟《おおげさ》に喜んでみせる女とは違う。

ああ、やっぱり上月の従妹《いとこ》だ……、と思った。

出会って間もない頃、上月の化けの皮を剝《は》がしてやろうと、弟たちを引き連れてファミレスでデートをしたことがある。散々奢《おご》らせ、上月の行動を見た。

期待していたのは、それまで陸に言い寄ってきた男たちと同じ、子供の涎《よだれ》に顔をしかめてみせる偽善者の顔だ。しかし、上月は少しもそんな素振りを見せず、笑いながら楓たちの世話をしたのだった。

里美にあの時の上月のような大人の余裕はないが、根っこのところには紛れもなく同じものがある。

「あ！　あんた何見てんの？　家事終わったんならあんたが世話しなさいよ！」

陸に気づいた里美は、立ち上がって陸の目の前まで歩いてくると顔を近づけて挑発的に言い放った。

「ぁ……、悪い」

楓に対する里美の態度を見たからか、つい謝ってしまい、ハッとなる。里美も陸の反応に驚いていたようだが、タイミングよく大地《だいち》がやってきて、挨拶《あいさつ》代わりに里美のスカートをめくってみせた。

「いえーい！」

「ぎゃ！　ちょっと！　何この子！」

「ねーちゃんこそ誰だよ？　人んちに勝手に上がり込んで何飯喰ってるのー？」

「ねーちゃんじゃなくて里美っていうのよ。勝手に上がったんじゃないの。あんたのお兄ちゃんにお守を押しつけられたのよ！」

「ふーん」

「ふーんってねぇ。いるなら妹の世話しなさいよ」

「いつもしてるよーだ」

「あんた、お兄ちゃんに似て憎たらしい子ね」

里美が眉間にシワを寄せて大地を睨む。大地が小指まで駆使《くし》して自分の顔を変形させて舌を出すと、里美もまた、年頃の女とは思えない思いきりのよさで自分の顔をこねくり回してアカンべをした。呆れて言葉も出ない。

じっと見ていると、陸の視線に気づいた里美に「何よ？」と挑発された。

里美といればいるほど、敗北感を抱かずにはいられない陸だった。


とっぷりと日が暮れる頃、陸が夕飯の支度を終えて居間を覗くと、里美は畳の上に横になって座布団を枕にぐっすりと眠っていた。

疲れたのだろう。慣れない子守をさせられ、いいように顎《あご》でこき使われ、それらをこなしながらも陸に喧嘩を吹っかけていたのだ。

もちろん素直に陸の言うことを聞くような里美ではないが、弟や妹の世話になると別だ。小さな子を放っておいて怪我でもさせたらと思うと、手を出さずにはいられなかったのだろう。陸もそれをわかっていて、わざと里美に楓たちの世話を任せたのだ。そのぶん桜たちの家事を手伝うことができた。

心の中でだけ、お礼を言う。

(本当に上月さんのことが、好きなんだろうな……)

今日一日だけで、里美のいいところを沢山見つけた。

気は強いが、根が優しいのだ。小学生の男の子と本気で言い合うようなところがあるが、それは素直な証拠だ。口の悪さとは裏腹に、性格のよさばかりが目についたのは否めない。

外見ばかりを着飾ったような女じゃないと、はっきりと言える。

上月と別れるために利用している自分が、とてつもなく汚い男だと思えてきた。だが、背に腹は代えられない。どうせ今までロクなことをしてこなかったと、罪悪感を拭《ぬぐ》って里美を叩き起こすことにする。

「おい、起きろ!」

足で太腿を踏みつけると、里美がようやく目を開ける。

「んもー、何よ〜」

「何いつまでも寝てるんだよ？」

「ちょ、何すんのよ！　足でお尻触ったでしょ。エッチ！」

「誰があんたの尻なんか触るかよ」

枕にしていた座布団をぞんざいに取り上げると、里美は少しめくれたスカートの裾を直して陸をジロリと睨んだ。そんなに睨むなら畳の上でなんか寝るなと言いたかったが、弟や妹の世話をしてもらったことを考えると、その言葉を里美に投げつけることはできなかった。

「ところで一緒に飯喰うか？　そろそろ姉貴たちも帰ってくるし」

「今何時？」

「七時」

「あっ、今日はもう帰らなきゃ！」

「なんだよ。帰る時間があるんなら言えよ。起こしてやったのに……」

「いいわよ。あんたの世話になんかなりたくないもの。タクシー呼ぶわ。電話帳借りるわね」

「可愛くねぇ女」

陸の言葉など気にもとめず、里美は電話の横に置いてある電話帳をめくってタクシー会社に電話を入れた。すると、それに気づいた大地が駆け寄ってくる。

「もー帰るの？」

「そうよ。悪い？」

「悪いなんて言ってねーもん。もう来んなよ、バーカ」

「嫌よ、また来ますからねーだ！」

お互いアカンベをしてみせる。

（大地と本気でやり合ってどーすんだよ……）

すっかり喧嘩友達になってしまった二人は、里美が呼んだタクシーが来るまで玄関先で兄弟喧嘩のような言い合いをしていた。大地にも里美のよさはわかっているようで、すっかりお気に入りになっている。

タクシーが来て玄関を出る里美を見る大地の目が、名残惜《なごり》しそうだったのを陸は見逃さなかった。

「なんだあの女。兄貴、おもしれーの連れてきたな」

三十分ほど前に帰ってきた空《そら》が、大地を見ながら興味津々という顔をする。

「まさか浮気？　上月さんに告げ口するぞ」

軽口を叩く空をジロリと睨み、相変わらず上月と自分が恋人同士だということに疑問を抱かない家族に落胆する。空もあまり常識的とは言えないが、なぜこうもすんなり二人のことを受け入れているのか、よくわからない。

しかし、そのことについて深く追求しようという気にもなれなかった。なんとなく、自分の首を絞めるような気がしたからだ。

「なー、にーちゃん。里美、今度いつ来んの？」

「さぁな」

「また呼んでよ」

「あんなうるさい女、呼びたくねぇよ」

「えー」

大地は、つまらなそうに口を尖《とが》らせた。小学生のガキに呼び捨てにされていると知ったら、彼女はどんな顔をするだろう。

（なんで、いい人ばっかりなんだよ、あの一族は……）

性格の悪さを競うなら、誰にも負けない自信がある。相手が悪人であればあるほど、陸もそれ以上の悪人になれるのだ。けれども、いい人間には敵わない。陸の弱点とも言える。

今またそんなことを痛感させられるなんて、思っていなかった。里美の意図とはまったく違うところで、敗北感を味わわされている。敗北感とすら思うこと自体、醜く思えてくるのだ。

里美が競おうともしていないところで、陸は一方的に嫉妬《しっと》の炎を燃やしているのだから……。

（あー、もう。面倒臭ぇ……）

陸はポリポリと頭を掻くと、お腹が空いたと訴える弟たちのために夕飯を並べ始めた。


「なぁ、あれ。お前のおっかけなんだろう?」

仕事を終えて帰り支度をしていた陸に、年配の社員が近づいてきていやらしく耳打ちした。陸の前に里美が現れてからというもの、陸の会社では時々この話題が出てくる。少々うんざりしているが、それも仕方のないことなのかもしれない。

里美はストーカーのように、陸の周りをうろついているのだ。

上月と二人きりで会うのを阻止する目的もあるし、陸がもし他の男や女と浮気でもしようものなら上月に陸の本性だと言って教えるつもりだろう。それなら誰かに協力を仰いで浮気の現場でも押さえてもらおうかと思ったが、上月が本気にするとも思えない。

結局、好きにさせておくしかなかった。

「そんなんじゃないです。ちょっと事情があって……」

「隠すな隠すな。もうヤッたのか？」

「勘弁してくださいよ」

すっかり陸のおっかけだと、会社中の人間は認識してしまっている。

（大体、おっかけがあんなふうに悪態つくかよ）

軽くため息をつき、事務所を出る。会社の敷地内に里美の姿はないが、今日も近くにいるだろうという予感はしていた。こういう勘が外れたことはない。

（あー、やっぱいるよ）

出入り口からそっと外を覗くと、道路を渡った歩道に里美の姿を見つけた。

日が落ちるのが早いため、定時で仕事を上がっても外はすでに暗い。民家も少なく、街灯もあまりないこの辺りは特に寂しげな雰囲気が漂っている。

駅までは少し距離があり、人気の少ない通りもいくつかあるため、そこを一人で帰らせる気にはなれなかった。ブツブツと後ろから文句を言われながら駅まで歩く覚悟をして、里美に姿を見せようと足を踏み出す。

しかし、腕を取られたかと思うと強く引っ張られ、陸は会社の敷地内へと引き戻された。誰かと振り返ると、なぜか上月の姿がある。

「……っ！　おま……」

「しーっ」

上月は自分の唇に指を当ててみせた。その仕草に、なぜか頬が染まる。

「こんなところで何やってんだよ？」

「里美がいたから、塀を乗り越えて入り込んだんだ」

「スーツで何やってんだよ。ここの塀結構高いのに、そんな格好でよく登れたな」

「眠りの森の美女をさらいに来たみたいで、楽しいよ」

何が「眠りの森の美女をさらいに来たみたい」だ……、と思うが、華やかな外見の上月には似合っていた。白いタイツを穿《は》いた上月に起こされたら、手の甲へのキスすらも許してしまうかもしれない。それどころか、その勇敢さにうっとりし、助けに来た王子様の手を取って馬に横座りまでしてしまいそうだ。

（ア、アホか……）

己の思考に目眩《めまい》を覚え、脱力する。

「ね、陸」

「なんだよ」

「このまま二人で逃げちゃおうか？　塀を乗り越えたら、見つからずに車を停めてあるところまで行けるよ」

悪戯《いたずら》っぽい目で見られたが、今度はギリリと睨み返す。

「女一人、あんなところにずっと立たせておくつもりなのかよ？」

上月らしからぬ誘いに少しムッとした。自分のためなら女を危険に晒《さら》してもいいなんて、落胆させるようなことを言わないで欲しい。そんな男だとは思いたくなかった。

「やっぱり陸は優しいんだね。里美につきまとわれて嫌気が差してるんだろう？　でも、女の子一人を夜道に立たせておくことはしないんだ？」

「そ、そんなんじゃねぇよ」

「そういうところが好きだよ」

「何一人で盛り上がって……」

「悪ぶるところも大好きだ」

目を細める上月に、ようやく自分が騙されていたことに気づいた。

「てめぇ、初めから里美を置いて帰るつもりなんてなかったな」

「さぁ、どうだろうね」

つくづくこんな言い方が似合う男だと思う。じっと視線を注がれていると、自然と目許が熱くなってくる。何度この感覚を味わわされただろう。

言葉が出ずに見つめ返していると、上月は少し顔を傾け、そっと唇を重ねようとする。逃げろ逃げろと自分を追い立てるが、この美しい獣に見つめられると、思うように躰が動かなくなる。

魅入《みい》られるとは、まさにこのことだ。

倉庫の近くで事務所からは離れているとはいえ、会社の敷地内でキスを許そうとしている自分が信じられない。

「あーっ！」

「！」

上月の唇が触れようとした時、里美の声が夜空にこだました。見ると、塀の向こうから顔を覗かせているではないか。

（あ、危ねぇ……。キスするところだった）

すんでのところで我に返った陸は、命拾いしたとばかりに自分の胸を手で押さえた。魔術にでもかかったかのように、ああも簡単にキスに応じようとしていた自分に驚き、心臓はバクバクと音を立て始める。信じられない。

「今何しようとしてたのよっ！」

里美は身を乗り出していつもの調子で喚き始めた。

男ですら乗り越えるのは大変だというのに、女である里美があそこまでよじ登れるなんて、さすがに普通の箱入り娘とは違う。

とんだおてんばだ。

「なかなか出てこないと思ったら！」

「陸、おいで！」

「ちょ……っ！」

上月は陸の手を引っ張って走り出した。後ろを振り返りながら、里美を完全に振り切らないように誘導する。

上月が立ち止まったのは、会社から少し離れた街灯の多い通りだ。『河島板金《かわしまばんきん》』の前の通りに比べて交通量は多いが、人通りはそれほどでもない。

やっと追いついてきた里美は、膝に手をついて中腰になったまま息を切らしていた。

「ひどいわ。要お兄様まで一緒になって。どうせこいつがたぶらかしたんでしょ。そういう悪知恵だけは働くのね。いやらしい！」

「あーそうだよ。あんたをまいて要さんとデートしようっておねだりしたんだよ。悪いか」

「おねだり⁉　男のくせに気持ち悪いわね！」

泥棒猫を演じる陸と、それを真に受けて嘘の陸を毛嫌いする里美。歩道のど真ん中で睨み合いが始まる。

陸にどんな罵声を浴びせようと少しも効かないと悟ったらしく、里美は上月にターゲットを変える。

「ねぇ、要お兄様。私とこいつと、どっちが大事なの？」

「どっちって……」

「私は子供の頃からずっとお兄様って決めてたのに！」

つめ寄られ、さすがに上月も困っていた。里美は一歩も引こうとはしない。今日ばかりは絶対にはっきりさせるという意思を感じる。

ここではぐらかしてはいけないと思ったのか、上月も今までとは違う真剣な目で里美を見下ろした。改まった態度に、さすがの里美も少々たじろいだようだ。

「そういう問題じゃないよ」

「じゃあ、どういう問題なのよ？」

二人を見ていた陸は、自分がどうすべきか考えた。

このまま性悪猫を演じ、上月の腕に抱きついて悪態の一つでもつくか。万が一のことを考えて、余計なことを言うなと上月を視線で黙らせておくべきか——。

逡巡《しゅんじゅん》するが、答えを聞く前に上月が口を開く。

「里美。今のうちにはっきりと言っておくよ」

「——おい！」

にわかに真剣な口調になる上月に、嫌な予感がした。里美もそれを感じたらしく、硬い表情で上月を見つめ返す。その言い方や態度から、自分が望む言葉が聞けるとは里美本人も思っていないだろう。

けれども、ちゃんと上月の言葉を聞こうとするところは彼女らしい……。

「里美は大事だよ。子供の頃からずっと大事に思ってる」

「だったら……っ」

「でも、里美は従妹だ。それ以上でもそれ以下でもない。大事だし大好きだけど、恋愛感情を抱いたことはない。これからも抱かないと思う」

やはり、改めて言葉にされるとショックを抱かずにはいられなかったようだ。唇を噛んだ里美は初めこそ上月を非難めいた目で見ていたが、いつしか瞳には悲しみが宿り、目が揺れたかと思うと大粒の涙が零れた。

計算なんかではない。堪えきれずに溢《あふ》れた涙だ。

「だって……お嫁さんにしてくれるって……っ、言ったじゃない」

「ごめんよ。子供だったし、里美が大人になっても僕にそんな気持ちを抱いたままでいてくれるなんて、思ってなかったんだ」

「そんなの、……ひどい」

「本当にごめん」

「謝らないでよ！　謝ってなんか欲しくないもん！」

「でも、里美との約束を守れないから……」

それが、上月の答えだった。どう言われようとも、里美との約束は守れない。里美と結婚するつもりはない。

ぐだぐだとはぐらかし続けるよりもはっきり言ったほうが本人のためでもあるが、やはり女が泣く姿を見るのは気持ちいいものではなかった。自分にも責任があるとわかっているだけに慰めるわけにもいかず、どうしていいのかわからない。

「そんなの……っ、今さら言われても困る。だって、本気にしてたんだもん！　ずっとずっと本気にしてたんだもんっ！」

「あっ、おい！　待てよ！」

「里美っ！」

走り出した里美を見て、陸たちは慌ててそのあとを追いかけた。

彼女は周りなど見えていない。ただ、この場から——いや、この現実から逃げたいだけだ。上月が自分を従妹以上の存在として見てくれることはないという現実を、受け入れられないでいる。

（くそ……っ）

意外に足が速く、すぐに追いつくことはできなかった。その時、横断歩道を渡ろうとする里美の向こうに、右折車が見えた。

里美の姿が見えていないのか、スピードが落ちていない。

「——里美っ！」

上月と陸の声が重なった。鈍《にぶ》い音がして、彼女の躰が車体の向こうに消える。

（嘘、だろう……）

呆然と立ち尽くす陸の横を、上月が走り抜けた。誰かが携帯で救急車を呼んでいるのが聞こえ、ようやく我に返る。

「おい、里美はっ？」

駆け寄ると、彼女はぐったりとしたまま地面に倒れていた。


病院の廊下は静まり返っていた。

幸い、里美はたいした怪我はなく、軽い脳震盪《のうしんとう》を起こしただけで意識もすぐに取り戻した。念のために明日朝一番で検査をすることになり、今夜は入院になったが担当医もおそらく大丈夫だろうと言っていた。

駆けつけてきた里美の両親には上月が事情を説明し、陸はこのまま帰ることにする。

「里美の両親、なんだって？」

「陸は心配しなくていいよ。彼女の事故は僕のせいなんだから」

行こう、と背中を押されて歩き出すが、上月の言葉を素直に受け止められなかった。確かに里美が上月と本気で結婚しようと思っていたことに関して陸には責任はないが、事故は違う。

里美を利用して上月と自分の邪魔をさせようなんて思ったから、こうなったのだ。

切羽詰《せっぱつま》っていたとはいえ、自分の愚かさを痛感せずにはいられない。

「だけど、もともとは俺たちの関係が原因だろ？」

「いいから。送っていくから早く乗って」

車に乗り込むと、陸は黙って自分の手の爪を睨んでいた。カーステレオをかけるわけでもなく、話をするわけでもなく、静まり返った空気の中でただこうなったことへの責任を問う。

もし、里美が死んだり重症を負っていたりしたらと思うと、自分のしたことの重大さを痛感せずにはいられなかった。今回はたまたま運がよかっただけで、いつまたこんなことが起きるかわからない。誰かを好きになることは、同時に誰かを傷つける可能性も秘めているのは誰でも同じだが、陸たちは男同士なのだ。

陸が女だったら、里美もあそこまで反対しなかっただろう。子供の頃の約束が今でも有効だとは、本気で思っていなかったかもしれない。自分が大好きな従兄が男を選んだからこそ、里美はお嫁さんにしてくれるという上月が言った言葉を持ち出して二人を邪魔しようとしたのだ。

能天気な上月家の人間や非常識な惣流《そうりゅう》家の人間に囲まれていたせいで、気がつかないうちに、感覚が麻痺していたようだ。わかっていたつもりになっていただけで、自分たちの関係がどれほど世間では認められていないのか本当には理解していなかった。

今、それがようやくわかった。

いつの間にか家の近くまで来ているのにも気づかず、陸は延々とそんなことを考えていた。車が停止すると、四十分近くも黙って車に揺られていたことに少し驚き、上月を見た。

そして、いつもとは違う言い方で話を切り出す。

「なぁ」

「なんだい?」

この空気に気づかない上月ではないだろう。ハンドルから手を離し、陸が何を言い出すのか落ち着いた態度で待っている。

「周りの人間を傷つけてまで、俺たちは続けていいのか?」

「僕は、誰になんと言われようと君が好きだよ」

「だから、惚れた腫《は》れたで片づく問題なのかって聞いてんだよ? それに、俺はあんたと別れるために里美を利用したんだ。あんただって、それはわかってただろう? 自分の目的のためなら、誰でも利用するのが俺だ。俺はそういう奴なんだよ。あんたと出会う前は、男に貢がせてたしな。今回の事故は、俺があいつを利用したから起きたことだ」

「僕と別れたいのかい?」

すぐに答えられず、躊躇《ちゅうちょ》した自分に驚いた。上月は真剣な目をしている。

怖かった。真剣な上月が、怖い。

「そ、そうだよ。あんたと別れたいんだよ」

「君がどうしてもと言うなら身を引いてもいい。だけど、君は本当にそれでいいのかい?」

結論を陸に選ばせてやるという態度に、心臓がトクトクと鼓動し始める。

ここで自分がイエスと言えば、本当に別れることになると陸もわかっていた。ずっと願っていたことだ。上月と別れて、この男と出会う前の自分に戻るのだ。男相手に胸を高鳴らせることも、変わっていく自分に焦ることもない。

しかし、いざ別れられるとなった今、陸は上月が自分にとってすでに失いたくない存在になっていることに気づいた。

ずっと逃げ続けていたが、それは追いかけられるからであって、本当は逃げたいとは思っていなかったのかもしれない。全力で追いかけられるから、反射的に逃げてしまっているだけで、本当は囚われてしまいたいと思っている。

男としてのくだらないプライドが邪魔をしているだけなのだ。

上月が立ち止まって優しく手を伸ばせば、そして時間をかければ、自分から歩み寄っていけるのかもしれない。

しかし、この状況で「やっぱり別れたくない」なんて言える性格の持ち主ではないのも事実だった。一度口にしたことを否定するには、陸にはまだ恋愛面における素直さが足りない。

「……いいも悪いも、俺はもともと、あんたとつき合いたいなんて、思ってない」

言葉を絞り出すように、時々言葉をつまらせながら言った。上手く息ができず、酸素が希薄《きはく》になったかのように言ったあとも息苦しさは治まらない。

息なんて意識しなくてもできるものなのに、どうしてこんなに簡単なことができないのか。

全部、理由はここに繋がる――上月が好きだから……。

「本当に、それでいいのかい？」

「何度も、言わせるなよ」

「そうかい。わかったよ。君がそこまで言うなら、別れよう。僕との関係を受け入れられずに君

が苦しむだけなら、そうするしかないね。僕だって鬼や悪魔じゃない」

あっさりと身を引く上月に驚きながらも、これ以上、上月と話していると自分が何を言い出すのかわからなくて、逃げるように車を降りる。

「じゃ、もう行くよ」

なんとかそれだけ言い、上月との関係を断ち切ろうとドアを閉めた。上月を乗せた車は陸が玄関を潜《くぐ》る前に発進し、赤いテールランプは闇の中に溶け込んで消える。

陸は、もう見えない車をいつまでも目で追っていた。すぐに動くことができないのは、この状況が信じられないのかもしれない。

別れないと言われるだろうと、どこかで期待していたのだろう。だからこそ、本当に別れていいのかと聞かれてイエスと答えた。狡い男だ。

(俺への気持ちなんて、所詮その程度だったってことだろ……)

自分から別れたいと言ったくせに、そんなふうにウジウジと上月を責めてしまう自分がつくづく嫌になり、軽く鼻で嗤《わら》う。

暖房の利いた車から降りたからか、寒さに躰がぶるっと震えた。

温めてくれる手は、もうここにはない。

上月と別れたからといって、世界が滅亡するわけではない。

陸は今までと変わらず、仕事に行き、弟や妹の世話をする毎日を続けていた。劇的な変化もなく、ただただ忙しい日々が過ぎていくだけだ。

ぴーぴーぎゃーぎゃーとうるさく泣く妹たち。空も相変わらず逆カツアゲをしたりで警察に捕まる。

しかも、一番うるさいのが父親の一郎《いちろう》ときた。

これまでも道端で男に殴られていた女を拾って帰ってきたり、置き去りにされた子供にご飯を食べさせたり、仕事で知り合ったという男を連れ帰って習字の稽古を始めたりしたが、ここ最近はさらにエスカレートしている。

習字の男はどうやら人とのつき合い方を知らない上、子供が苦手らしく当初からいろいろと問題を起こしてくれたが、リハビリがてら頻繁《ひんぱん》に連れてくるようになったのだ。それ自体は構わないが、一郎があまりにも放置しているからか、陸が注意していないと楓をすぐに泣かせてしまう。

連れてくるのなら、少しは責任を持って気を配ってやるくらいのことはして欲しいものだ。

日曜の穏やかな空に、陸の罵声《ばせい》がこだまする。

「お前がフォローしてやれよ！　なんで俺が世話係みたいになってんだよ！」

「ほっときゃいいだろうが。相手は大人なんだから、世話なんてしてやる必要はない」

「じゃあ、せめて子供の扱い方くらい教えてやっとけ。毎回、楓を泣かせてるんだぞ」

「泣かせないよう努力はしてる。楓も最近少しずつ慣れてきてるだろうが。あと少しだ」

「努力してるのはあの男で、お前はなんもしてねーだろ。このクソ親父！」

「黙って聞いてりゃ……さっきから父親に向かってなんだその口のきき方は！　この包茎小僧」

「包茎じゃねーっつってんだろ！」

胸倉を摑み合い、いつものように過激なスキンシップが始まる。

エルボー。延髄《えんずい》斬り。アイアンクロー。こくまろドロップ。悪魔首折り弾。アルゼンチンバックブリーカードロップ。

得意の技を次々と浴びせ合い、罵声を浴びせた。容赦はしない。

しかし、ガシャーンと派手な音がしたかと思うと、仏壇に供えてあった湯呑みがひっくり返って割れた。年季の入ったそれは、桃子《ももこ》が修学旅行の時に買ってきたものだ。タンポポの絵がついた可愛い湯呑みで、桃子は母が好きだった花だからと、毎朝これに新しいお茶を入れて母親の遺影の横に置くのだ。

「あーっ、なんてことすんの！　お母さんのために私が買ってきた湯呑みなのにっ！」

駆けつけてきた桃子が本気で怒り出し、二人して正座をさせられた。さすがに反論できず、男二人しょぼんと背中を丸めて黙って小言を聞く。

桃子の怒りがようやく治まると、陸は喧嘩で散らかした部屋をざっと片づけてタバコを吸いに縁側に出た。

小春日和のような陽気は心を和ませてくれるものだが、今の陸には逆効果だった。ああ、本当に別れたんだな……、と自分の身に起きた事実をしみじみと嚙み締める。

上月とのことが、どんどん過去のものへとなっていき、自分の中で少しずつその存在が薄れていくのだ。同時に上月の中からも、自分の存在は消えてしまうだろう。

（そんなもんだよな）

我ながらどう感じているのかわからず、感情が麻痺してしまったようだ。

「なー、にーちゃん。里美っての、来ねーの？」

大地がやってきて、両脚を放り出して隣に座った。手にはアイスバーを持っている。天気がいいとはいえ、よくこんなところで食べるなと感心する。しかも半ズボンだ。

「なんで里美が来るんだよ？」

「だってにーちゃんのカレシの従妹だろ？」

「ああ、里美は上月さんの従妹だけど、あいつはもうカレシなんかじゃねーよ」

「別れたの？」

「ああ」

小学生の大地にこんな話をしている状況に「なぜ自分が……」と思いながらも、嘆く気力すらなくぼんやりと空を見る。

そんな陸のもとに再び里美がやってきたのは、バレンタインが過ぎ、楓が雛《ひな》あられを楽しみにしている桃の節句を迎え、春一番が吹き荒れて数日経った肌寒い三月半ばの日曜日のことだった。

「にーちゃーん。里美来てるよ～」

大地の声に、歯を磨いていた陸は急いで口をゆすぐとタオルで唇を拭いながら声のするほうへ向かった。時計を見ると、午前十一時を過ぎている。

このところずっと仕事が忙しかったため、休日は起きるのが遅い。日曜とはいえ、寝すぎたと大きな欠伸《あくび》をしながら反省する。

「ほら、にーちゃん早く」

「何そんなに慌ててるんだよ。里美が来るわけ……、――ぁ」

信じられないことに、玄関で里美が仁王立ちしていた。あの事故以来会ってなかったため、すぐに言葉が出てこない。

「お、お前、怪我は大丈夫……」

「ちょっと、来なさいよ！」

「え？」

「タクシー待たせてあるんだから、来なさい！　大地、お兄ちゃん借りるわね！」

いきなり手を摑まれ、半分だけスニーカーに足を突っ込んだまま停車しているタクシーまで走らされた。それに乗せられると里美は運転手に出すよう命じ、車はすぐに発車する。

どんどん小さくなっていく家を振り返り、それが見えなくなると戻るのは諦めて里美を見た。

「どこ行くんだよ？」

「帝国ホテル。今、要お兄様がお見合い中なのよ」

「お見合い？」

「そうよ！　お見合いなの、お見合い！　要お兄様が、お見合いするのよ。前々から何度も勧められてて、ずっと断ってたらしいんだけど、いきなりＯＫしちゃったんだって。奈央《なお》ちゃんから連絡があってびっくりよ」

「なんで……」

「あんたと別れたから自棄《やけ》になってるに決まってるでしょ。こんなこと言わせないでよね」

「関係ねぇよ。あんたが止めに行けばいいだろ」

「私じゃダメだからあんたを呼びに来たんじゃない！　仲人の奥さんはかなりのやり手みたいなのよ。お兄様のお見合いが成功したらちょうど百組目が成立するらしいから、何がなんでも結婚させる気よ」

運転手が聞いていようが里美は気にしちゃいなかった。陸とはライバルだが、今は緊急事態で婚約などされてしまえば取り返しがつかない。休戦し、二人で見合いをぶち壊そうと持ちかけてくる。

結局、ホテルまで無理やり連れていかれ、タクシーから引きずり降ろされた。

料亭が入っている場所は、一階にある。回り込んで中庭に出れば、様子が見られると言う里美についていくと、ちょうど中から上月が出てくるところだった。隣には、和服姿の女性が立っている。

「ほら、あれ」

「……っ」

おそらく「若い人同士で……」とでも言われたのだろう。話の内容は聞こえないが、中庭を散歩する二人はお似合いのカップルに見えた。

和服の似合う、綺麗な人だ。髪はかなり明るい栗色に染めているが、痛んでナイロン糸のようになったヤンキー娘のそれとは違う。アップでまとめられた髪はカールした毛先まで艶《つや》やかで、二十代半ばを過ぎた女性特有の美しさがあった。

妖艶《ようえん》な色香でもなく、少女のあどけなさが残るような未完成の色香でもない。生物学的に一番美しく咲くことのできる季節の真っ只中にいる女性だ。

(俺、何やってんだ……)

陸は、全身から力が抜けていくような感覚に見舞われた。

ここまで来てみたが、今さら何をしろというのだろう。上月はすでに、足を踏み出しているのだ。だから見合いなんてしているに違いない。それに比べ、自分はどうだと嗤う。

陸から別れようと言い出したというのに、自分だけ同じところに立ち止まっていたのだと思い知らされる。

「俺、帰るよ」

「なんで？　止めないの？」

「ああ」

上月に見つからないうちにと急ぐが、里美は執拗《しつよう》に喰い下がって陸を帰らせようとはしない。一生懸命な瞳を見ていると、彼女の上月に対する純粋な気持ちがわかり、さらに自分がここにいていいわけがないという気持ちに拍車をかけた。

「要お兄様が結婚してもいいの？　あなた、仮にも恋人同士だったじゃない」

「あいつが自分から見合いをしたいって言ったんだろ？　だったらそれでいいじゃねぇか」

「あなた、それで本当にいいの？」

陸は、里美の質問に言葉を返すことはできなかった。

よくない。本当は、ちっともよくなんかないのだ。でも、どうしたらいいのかわからない。自分が女なら、もっと簡単だっただろう。

けれども男であることへのこだわりを捨てられない陸には、素直になるなんて世界が滅びてもできそうにないことだった。

「自分の気持ちばかり押しつける気か？　あいつが本当にそうしたいなら、身を引いてやるのも愛情なんじゃないのか？」

「あなたは要お兄様が幸せなら、自分の気持ちはどうでもいいって言うの？　あなたみたいな人がそんなしおらしいことを言うなんて、笑えるわ」

陸の気持ちを奮い立たせようとしているのだろう。里美は、小馬鹿にしたような言い方をしてみせた。だが、そんな子供じみた挑発には乗らないと、陸はじっと里美を見つめて静かに言う。

ここで、里美に乗せられて見合いの邪魔をするわけにはいかない。

「そうだよ。俺は誰かを傷つけてまで、自分が幸せになりたいとは思わない。それにあいつが見合いしてるってことは、俺とのことは気持ちの整理もついたってことだろ？　今さら出ていって掻き回すようなことはしたくない」

「そ、そんなのわかんないわよ。あんたが忘れられないから、無理に見合いしてるかもしれないじゃない。何いい子ぶってんの？　痩せ我慢してるだけじゃないの！」

「痩せ我慢なんかじゃねぇよ」

「嘘！」

「嘘じゃない」

「嘘よ！　絶対に嘘に決まってる。ここまで来たのが証拠よ！」

「……っ！」

「力ずくで連れてこられたって言うの？　私に抵抗できなかったって？」

「それは……」

「ほら、答えられないじゃない。たいして抵抗せずに車に乗ったわよね。それに、車を降りてからも素直についてきたのはどうしてよっ！」

初めこそ冷静に聞いていたが、次々と指摘されていくうちに陸は次第に感情を抑えられなくなっていた。確かに、里美の言う通りだ。

物わかりのいいふりをしているだけだ。誰かを傷つけるくらいなら身を引くなんて態度を取っておきながら、本当はそんなに潔《いさぎよ》くもない。上月に対して素直になれないくせに、未練はタラタラでいつまでも引きずっている。

「ほら、痩せ我慢してる証拠じゃない。ねぇ、無視しないで答えなさいよ！」

「ああそうだよ！　痩せ我慢だよっ！」

陸は、つい本音を漏らしてしまっていた。本当に馬鹿だと思う。けれども、ひとたび溢れ出した感情は抑えられない。

「痩せ我慢で悪かったな！　俺だって平気なわけじゃねーんだ！」

「ほら見なさい。やっぱりそうじゃない」

「だからなんだ？　今さら出ていって『やっぱり別れたくない』って言えってか？」

「そうよ！　言えばいいじゃない」

「んなこと言える性格なら、今頃こんなふうに腐ったりしてねーんだよ」

「じゃあ、性格変えなさいよ。簡単じゃない」

「無理に決まってんだろうが！　これが俺の性格なんだよ。ずっとこの性格で生きてきたんだよ！　あいつみたいに、自分の気持ちに素直になったりでき……」

そこまで言って、陸は言葉を呑み込んだ。

「陸」

いつの間に来たのだろう。上月が植え込みの陰から姿を現した。よく見ると、陸たちが立っている石畳は、上月たちが先ほどいたところから続いている。

中庭を散歩すれば、ここに足が向くのも自然だ。

しかし上月は、あたかもこうなることを予想していたかのように言う。

「陸。やっと本音が出たね」

「て、てめぇ。もしかして、このために見合いを……」

「そうだよ。押してダメだったから引いてみたけど、君には効果なかったからね。こうするしかなかった。見合いを止めようとする里美の言葉に取り合わなかったから、里美が君を頼るのはわかってた。計算通りだ」

「要お兄様……」

後ろのほうで『何があったんだろう』と不安そうにしている見合い相手に目がいき、陸はめずらしく弱気になっていた——また、誰かを傷つけてしまう。

自分がこんなに臆病だとは思っていなかった。上月と知り合ってからというもの、自分の知らなかった自分を沢山発見した気がする。女々しさや往生際《おうじょうぎわ》の悪さ。嫉妬深さ。そして、制御できない自分。

自覚したのは全部、上月と出会ってからだ。

「こ、こうするしかなかっただって？　ふざけんな！　相手の彼女だって、あんたに振り回されて……そんなことしていいと思ってんのか？」

「僕は君を手に入れるためならどんな汚いことでもする。悪魔とだって契約するよ」

「よ、よくもそんなことを……、——っ！」

力強く腕を掴まれたかと思うと、唇を無理やり奪われた。

「ん……」

舌を入れる濃厚なキス。一瞬で腰が蕩けたようになり、膝から力が抜ける。見合い相手の女性もさすがに陸が上月にとってどんな存在だかわかったようで、唖然《あぜん》とする里美の向こうで目を丸くし、硬直したまま二人のことを見ていた。

陸はというと、自分の本音を聞き出すために上月が見合いまでしてみせたことに対してなのか、それとも人前でいきなり唇を奪うような真似をしたことに対してなのか、抑えきれない怒りが込み上げてくる。

好きだろうがなんだろうが、関係ない。

（コンの、腐れ王子が……っ！）

陸は拳を握り、見惚れるような男前の顔面へそれを叩き込んでやろうと足を踏み出した。しかし、植え込みの一部分が大きく揺れて、男が飛び出してくる。

「貴様ァ……ッ！」

ニッカーボッカーを穿いた茶髪の青年だ。手や顔の汚れ具合からすると、どう見ても仕事中に抜け出してきたとしか思えない。

青年は、陸の前に踊り出て上月に向かって拳を振り上げた。

「――ぐ……っ！」

鈍い音がし、上月は後ろに数歩さがる。

喧嘩慣れしている陸から見ると、見た目の割に腰の入っていない軽いパンチだったが、運が悪く上月がさがったほうには池があり、足を踏み外した。水しぶきを上げてその中に尻餅をつくのと同時に、池の中の鯉が驚いて思い思いの方向へと逃げる。

「お、お前のような奴に、あいつを渡すわけにはいかない！　俺は両親に反対されようが、絶対にあいつを幸せにしてみせる」

「清水《しみず》君！」

「行こう！」

そう言われると、彼女は青年を見つめてから上月を振り返った。

「ごめんなさい……っ」

その言葉を残し、彼女は青年の手を取って走り始める。

この展開はさすがに予想しておらず、陸たちはただ立ち尽くしていることしかできなかった。金のない青年と箱入りで育った娘との身分違いの恋といったところだろうか。

何がなんだかわからず硬直したまま佇《たたず》んでいると、ホテルのロビーから見ていたのか、仲人の奥さんが二人の逃亡に気づいて「ちょっとぉ～」と言いながら着物の裾を翻《ひるがえ》して二人を追いかけ始める。

とんだ茶番劇だ。

「な、何よあれ……」

里美も呆れた顔で、逃げる二人を見ていた。

上月に視線を移すと、尻餅をついた時と同じ格好のまま池の中に座っている。

「ざまぁねぇな」

人前で辱を奪われた腹いせに言ってやるが、上月はもっともだと口許に笑みを浮かべて立ち上がる。

「同感だよ」

水も滴《したた》るイイ男とは、このことだ。

こんな目に遭いながらも、決して無様《ぶざま》には見えない。それはきっと、上月に余裕があるからだろう。格好悪い姿すら絵になるのだ。

ずぶ濡れになった上月は、スーツから水を滴らせながら池から出てくると里美の前に立った。

改まった態度に、里美も言葉が出ないらしく黙って上月を見上げている。

「里美。周りの人間がどうあがいたって、引き裂けない二人もいるんだよ。僕だって、周りがどう言おうが、陸がどう言おうが、陸を諦めない」

「要、お兄様……」

「僕は、絶対に陸を諦めない」

里美に向かって言われた言葉だが、もちろん陸の心にも届いていた。

絶対に諦めない。

どんなに誤魔化そうとしても、上月の気持ちを嬉しく思う自分がいるのだ。どうして俺なんだ……、と思うが、その答えは上月本人に聞いても、陸が納得するような答えは返ってこないだろう。

人を好きになる気持ちなど、頭で理解できないのだから……。

「ごめんよ。子供の頃の約束だと侮《あなど》ってたのが悪かったんだ。里美がずっと本気にしてると思ってなかったなんて、無責任だったね。だから、今もう一回言うよ」

上月はいったん言葉を止め、軽く息を吸ってからゆっくりと続ける。

「僕が好きなのは、陸なんだ。だから、里美との約束は守れない。本当にごめんよ。僕の気持ちを認めてくれるかい？」

里美はすぐに答えようとしなかったが、上月は根気強く待った。三月とはいえ、昨日から寒の戻りが激しくて気温はかなり低い。びしょ濡れのままでは寒いだろうに、それでも里美の答えを催促するでもなく、じっと待ち続けている。

そんな上月の誠意が伝わったのか、里美は悟ったような表情をしてから「わかったわ……」と小さく頷いた。

里美を自宅に送り届けたあと、陸は上月の車でマンションへと向かった。

部屋に着くと、上月はざっとシャワーを浴びてバスローブ姿で戻ってくる。居心地が悪くてまだ上月と目を合わせられないが、ここまで来たというのが陸の答えだ。

今度こそ本当に観念するんだろうな……、なんて他人事のようにぼんやりと思う。

「……陸」

名前を呼ばれるが、やはり目を見ることはできなかった。目の前に立たれても頑《かたく》なに視線を上げず、絨毯《じゅうたん》やソファー、バスローブを眺め、しきりに目を合わせようとする上月から逃げる。視線の追いかけ合いは、これまで自分と上月がしてきたことそのものだと陸は思った。

いつまで経っても進歩がない。

「また、怪我をしたのかい?」

同じように顔に傷を作った上月が、一郎とやり合ってできたばかりの傷を見て嬉しそうに言った。伸びてきた手が擦り剝いたところに触れて、チリリとした痛みを覚える。

「い……っ」

「相変わらず生傷が絶えないんだね。……綺麗だよ」

相変わらず、喧嘩の傷を嬉しそうに眺める上月のマニアックな趣味に呆れた。しかも、男相手に「綺麗だよ」だ。救いようのないヘンタイだと、心の中で悪態をつく。

しかし、よくもそんな歯の浮くような台詞を口にできるなと言ってやろうとして視線を上げた陸は、すぐに後悔した。目についたのは、上月の唇だ。

シャワーを浴びたばかりだからなのかそれは少し色づいており、セクシーに見えた。男の唇に色気を感じるなんて変だと自分でも思うが、女のそれとは違う。

この唇で今から囁かれるだろうことや、自分の躰にされるだろうことを想像し、一人で発情してしまうのだ。普段は知的な印象を受ける唇から赤い舌を覗かせ、いやらしく肌に這わせる映像が浮かび、自分の思考に驚いた陸は顔を赤くした。

「……っ！」

「どうしたんだい？　急に赤くなんかなったりして」

「べ、別に……」

動揺するあまり、つい視線を合わせてしまい、ますます状況は悪化する。

濡れ髪の上月は、うっとりするほどの男前だった。陸を見下ろす視線は優しく、すべてを包んでしまう包容力がある。それは単に、年齢の差があるから感じるのではない。人が持つ資質のようなもので、上月だからこそ持っている特別なものだ。

「何見てんだよ……」

「まともに殴られたのって、実は初めてなんだ。まだズキズキしてるよ。一発殴られただけでも痛いのに、陸はよく平気でいられるね」

「慣れてるからな」

「そういうところが、男らしくて好きだよ。気高くて、綺麗だ」

いつまでも顔の傷を嬉しそうに眺める上月の視線を耐えがたく感じる。

結局、もとの木阿弥《もくあみ》だ。上月と別れたことで、自分の気持ちを再認識させられただけだ。上月も初めからそのつもりだったのだろう。今日はたまたま相手の女性も他に好きな相手がいたからよかったものの、もしそうでなくとも上月は今日の計画を実行したに違いない。

悪魔みたいな王子だ。

けれども陸にも、見合いをした上月を責める資格はなかったのだ。陸も上月に愛想を尽かしてもらおうと、奈央に悪さをするふりをして怖がらせたことがある。

周りの人間を巻き込まずにはいられない関係――。

なんて罪深いんだろうと思う。

「綺麗とか……そんな言い方するなよ」

「わかってるよ。でも、綺麗だ。すごく綺麗だよ」

とんでもない奴だと思った。もうこれ以上喋らないでくれと思うが、陸のそういった反応が上月を悦ばせるのも事実だというのは、すでにわかっている。

「好きだよ、陸。もう絶対に逃がさない」

断言されて心が蕩けるなんて、自分は終わっているなと思った。

不治の病だ。

上月という病に侵されている。どんな治療薬も効きやしない。それなら、完全に溺れてしまったほうがいいのかもしれない。

「ん……」

陸は目を閉じて口づけを素直に受け入れた。上月の唇は陸のそれを軽く吸い、ついばみ、優しく愛撫して陸の心を蕩けさせる。どうして自分なんだという疑問すらも、溶けてなくなった。

「ぁ……、……ん、……ぅん……」

言葉にされるよりも、ダイレクトに心に伝わってくる。この狡猾で美しい獣が、どれほど自分を求めているのか、よくわかるのだ。

唇が首筋へと移動しても、陸は身を預けたままだ。別室へ促され、ベッドに横たわると自分に伸《の》しかかる上月の躰を受け止める。

「俺、シャワー……浴びて、ない。……っ」

「いい匂いだよ。陸」

「でも……、──ぁ……っ！」

軽く歯を立てられて、言葉を呑み込んだ。

喧嘩などの痛みには耐えられるのに、これだけはいつまでも慣れない。疼《うず》くような痛みだ。陸を変える痛み。身も心も蕩けさせる痛み。

逃げたくてたまらないが、同時にもっと欲しいと思ってしまう。

上月のキスは首筋から鎖骨へと移動し、そこを噛みながらさらに胸板へと移っていった。器用にTシャツやズボン、さらには下着までをも剝ぎ取りながら愛撫を注ぐ上月に、すっかり身を任せてしまっている。

どう料理してくれても構わないと思っているのだ。高貴な男を前にして考えるよりも先に跪《ひざまず》き、傅《かしず》いてしまう民衆のように、自然にそうしてしまう。

「はぁ……っ」

中心をぎゅっと握られた瞬間、反射的に大きく息を吸い込んだ。酸素を過剰にとりすぎたのか一瞬頭がクラッとなるが、上月はお構いなしだ。今度は胸の突起を攻め始める。

「あ！」

陸の躰が電流を流されたかのように、ビクッと跳ねた。

「ここかい？」

「馬鹿……っ、やめろ……」

「でも、感じてるみたいだね」

執拗に突起を舌で転がされ、頭を左右に振ってなんとか溺れまいとする。しかし、かろうじて残る理性も少しずつ舌でこそぎ取られ、舐め取られていくようだ。

「ここだけで、イッてみるかい？」

きつく摘まれてひとりでに腰が浮いた。刺激が欲しいのだ。中心を握って欲しい。だが、陸が欲しがれば欲しがるほど今の上月が意地悪な愛撫を繰り返すだけだというのは、わかっている。

「ここで、イッて」

「んぁ……、あぁ、……ぁ」

「イケナイ子だ。そんなに擦りつけちゃダメだろう？」

「んあぁ……、馬鹿……、……っ」

もう我慢できない。

「じゃあ、自分で擦りつけてイッていいよ」

もどかしくて、狂いそうだ。上月の腰を太腿で挟み、きつく脚を閉じたまま身をよじって少しでもはっきりとした刺激を得ようと腰を浮かせた。

「綺麗だよ、陸。そんなふうに身悶《みもだ》えてる君って、最高だ」

「てめ……、……覚え、て……、――ぁあ……っ、ぁあっ、ぁあ……はぁ……っ！」

耐えきれず自分で中心を握ろうとするが、両手首を摑まれて阻止される。

目を合わせると、微笑を浮かべた艶やかな銀色の毛をした高貴な獣がいた。艶やかな毛をなびかせて、陸を見下ろしている。

「ダメだよ。手は使っちゃダメだ」

「ぁああ……っ！」

上月は、再び胸の突起に舌を這わせ始めた。硬く尖ったそれを柔らかい舌で包み込むように、ねっとりと舐め回したかと思うと唇で強く挟んで刺激を与える。

「あ、あぁ、あっ、あ！」

快感に首を左右に振って無意識に逃げようとするが、完全に組み敷かれてしまってはどうにもならない。動かそうとしても腕はビクともせず、陸は拳を握っていることしかできなかった。信じられない。

「はぁ……っ」

先ほどよりもさらにきつく脚で上月の腰を挟み、自分の脚を上月の脚に絡ませてねだった。言葉にはできないが、躰はすでに堪えきれずに暴走を始めている。もっと舌で嬲《なぶ》ってくれと、躰を反り返らせて訴えてしまうのだ。

刺激を与えられすぎて敏感になった突起は、ジンジンと痺れている。

もう、限界だった。

「んんぁあ、――ぁあ……っ！」

陸は掠れた声をあげながら、せり上がってくるものに身を任せて下腹部を震わせた。中心に与えられる刺激が足りなかったのか、白濁は屹立の先端からドロリと溢れるようにして出てきて、裏筋を撫でながら落ちる。

はっきりとした絶頂とは違い、イク寸前の状態を延々と味わわされているような射精だった。こんな状態でいるなんて、おかしくなってしまいそうだ。

「……はぁ……っ！　……あ、……はぁ……」

ようやく治まった時には、陸は放心状態になっていた。上月がそんな陸の顔をじっと見下ろしているのがわかるが、顔を隠すどころか虚《うつ》ろな目で見ていることしかできない。

「そんなに、気持ちよかったのかい？」

声は聞こえているが、頭がぼんやりとして言われている内容まではまだ理解できなかった。

(俺、イッたのか……)

女のように乳首を嬲られただけで絶頂を迎えたなんて、信じられない。きっと、この男といればこれからもっと信じられない経験をさせられるだろう。

危機感なのか期待なのかよくわからない気持ちが、陸の中に湧き上がる。

「陸……」

自分を呼ぶ高貴な獣を見ていると、陸が無反応なのをいいことに上月は膝の辺りで絡まっていた下着を完全に剝ぎ取ってしまい、何やらチューブ状の物を取り出した。

そして、優しく目を細めてから後ろに手を伸ばす。

「ぁ……っく、――ぅ……ぁ……あっ、……んぁ！」

指は、疲れ果てた陸を再び覚醒させた。まるで麻薬を入れた躰のように、快楽の匂いを嗅ぎ取って飢えた獣のように欲しがり始める。

(嘘……っ、なんだ……これ……っ)

ジェルの冷たい感触に躰が跳ねるが、すぐにそれは熱へと変わっていき、陸の躰に火を放っていった。身をよじるが躰に上手く力が入らず、神へ捧げられた生贄《いけにえ》のように無防備に上月の前に横たわっていることしかできない。

供物を前にした神は、誰にも邪魔されることなくそれをゆっくりと味わうことができる。どうしようが自由だ。弄《もてあそ》び、骨の髄までしゃぶり尽くそうが、誰も口を出すことはできない。

特権を持った人間に許される、特別なこと――。

「大丈夫。変なクスリじゃないよ。ただのジェルだ。今日のは大人向けだけどね」

「ああっ、あっ、……馬鹿……っ、……やめ……っ」

「やめないよ。今日は、大人のセックスを教えてあげる」

「何が、……大人の……、――んぁぁあ……っ、……ぁあっ！」

「そんなに気持ちいいのかい？」

「ぁ……っ、んぁ、……頼む、よ……っ、……待って、……くれ……っ！」

躰がついていかないと訴えるが、それでも上月は許してくれない。一度射精して硬度を失いかけていた中心はすぐに張りつめ、先端から透明な蜜が新たに溢れ出す。

女みたいに濡らしている自分を恥ずかしく思うが、躰はすでに意思の届かないところにある。

「ぁああ……っ」

上月の指の動きを意識で追ってしまうのをどうすることもできず、腰を浮かせて自分の中を掻き回すそれに夢中になった。目をきつく閉じ、顔の横でシーツをきつく摑む。

唇の間から漏れる甘い声を聞かれまいとシーツを引き寄せて唇を覆ったが、そんなことをしても無駄だった。

「んあぁ……、……ぁ……、……ひ……っ、……っく、――ぅ……っく」

自分の後ろが柔らかく解れていくのがわかる。上月の長くて形のいい指が、あんなところを嬲っているのかと思うと、どうしようもなく昂《たか》ぶって自分を抑えられなかった。

貪欲に咥え込み、しゃぶり尽くし、もっとくれとせがんでいる。溶け出したジェルでびしょびしょになったそこは、卑猥な音を立てて上月に陸の本音を訴えていた。

「んぁあ！　……はぁ……、――や……っ！」

「ここだね」

「く……ぅ……、……っく、――んぁあ……っ、やっ、……ぁあっ」

自分がどんな声をあげ、どんなふうに躰をくねらせ、どんなに淫らに上月の指を咥えているのかと思うとどうしようもない羞恥に襲われるが、取り繕う余裕すらない。きっとものすごくはしたない格好になっているのだろうと思うが、今さら冷静になどなれないのはわかっている。

乱れっぱなしの呼吸のせいか目眩がして、甘く自分を攻め立てる男に「信じられない……」と無意識のうちに首を左右に振った。

「や……ぁ……あっ、――は……っ、……も……、……もう……っ」

必死で訴えるが、それも逆効果にしかならない。

「……すごい。君が、そんなに乱れるなんて……」

「やめ……ろ、嫌、だ……、……やめ……っ、……頼、……ダメだって……ぁあ……っ！」

「ダメ。許さないよ」

ゆっくりと出し入れされる指に、陸は夢中になっていた。口ではダメだの嫌だの言っているが、本当は虜になっている。やめて欲しくなんかないのだ。

もっと、指を増やして欲しい。もっと拡げて、擦って、攻めて欲しい。

陸の気持ちがわかったのか、上月は指を増やし、さらに淫らに中を掻き回し始めた。それに応じるように、蕾も吸いついてみせる。

「んぁあ……、んぁ、……ぁあ」

苦しいのに、躰は疼きっぱなしだ。触れられていない中心までもが、ひくひくと動いているのが自分でもわかる。密を溢れさせてひくついているサマは、なんて卑猥なのだろう。

敏感になりすぎた躰は限界で、震えが止まらない。

震えながら上月が次のステップへ進むのを、深く待ち望んでしまう。

「陸、挿れていいかい?」

「……っ、……早、……っ、……ぁ……っ」

「好きだよ」

「……ぁあっ」

あてがい、押し入ってくる上月は、火傷をしてしまいそうなほど熱かった。下半身に力が入らない。押し入ろうとする上月を、下から見上げるだけだ。

「……っく、……んぁ、……はぁ……っ、……ぁ、……熱い、……熱い」

「陸」

「――んぁぁあああ……っ!」

身を焦《こ》がすような思いで、それを受け入れた。引き裂かれる瞬間に漏れた鼻にかかった声は、自分のものではないようだ。

(も……ダメ、だ……)

これ以上何かされたら、きっと死んでしまう――。

涙をポロポロと零しながら、自分の中にある上月の熱を感じていた。気持ちよすぎて涙腺が緩んでしまったようで、涙を止めることができない。

もう限界だと思うが、ここで終わるような上月ではなかった。

「ぁう……っ、……っく、……んあぁ……、はぁ……っ」

上月はやんわりと陸を突き上げた。脳天まで貫くような快感に身を反らせると、今度はゆっくりと引き抜いて陸の欲望を刺激する。

むしゃぶりついた飴を堪能する前に、奪い取られるのと同じだ。ようやく甘い水飴の存在を知ったというのに、十分味わわせてはくれない。一度咥えさせられたその味はまだ口の中に広がっており、もう一度口に入れてくれとダダをこねる。

蕩けるような甘露を欲して、陸は色づいていく。

「……陸、そんなに……いいのかい？」

上月の言葉にぼんやりと目を開け、恨めしげに呟いた。

「焦ら……す、な……、……よ……」

「欲しい？」

「ぁあぅ……っ、……ん、……んぁ」

「僕を誘ってごらん。そうしたら、いやらしく突いてあげる」

「……そこ」

「何？」

「そこ……、もっと……」

せっかくいやらしく言ってみせたつもりだったが、この程度では大人を満足させることは難しいらしい。クス、と笑うのが聞こえ、自分がいかに子供なのかを思い知らされた。

「そんなんじゃダメだ。もっと、はしたないことを言ってみて」

「てめ……、……いい加減、に……、——ぁあ……っ！」

いきなり奥を突かれ、また躰をのけぞらせて喘ぐ。

ダメだなんて言っておいてこんなふうに奥を突き上げるやり方に、すっかり翻弄《ほんろう》されている。

自分ばかりがギリギリなのが悔しくて、そして自分をこんなにしてしまう上月が憎らしくて反撃を試みる。

もう、今さら男らしさなんてどうでもいい。上月の前に出ると、どうせ最後は女のようにメロメロにされるのだから……。

「要さん……」

唇で耳朶を嚙みながら、わざと煽るように言った。掠れた声が、陸の企みの手助けをする。

「もっと、気持ちよく……してくれよ」

自分でも芝居がかっていると思うが、ようやく開き直る決心をした陸は誘うような目で上月を見た。恥ずかしがったほうが負けだ。

こうなったらとことん淫乱な男を演じてみせると、腹を括《くく》る。

「頼む、から、……そんな、ふうに、しないでくれよ。……意地悪、しないで、くれ……」

「……陸」

「も……限界、なんだ……。だから……早く、俺を……っ、……何も……考えられないくらい、……滅茶苦茶に……っ、……んぁ……っ！」

陸の中で、上月がズクリとひと際嵩を増した。

「君は、本当にイケナイ子だ」

くす、と上月が笑うのがわかったが、先ほど漏らしたのとは明らかに違う笑みだった。目は優しく細められているが、見つめられていると陸は気持ちの昂ぶりを抑えられなくなる。

人を狂わす視線だ。

「そんなことを言う子は、お仕置きしなきゃ」

「う……っく、……して、くれよ。……お仕置き……、でも……なんでも……っ、ぁあっ！」

それから上月は、本当の獣になった。余裕を欠き、陸に溺れて夢中で獲物を貪ろうとする。痛いくらいの愛撫に、喘がされる。

しかし、次第に痛みすらも快感になっていき、胸の突起をきつく摘まれた時にはイきそうになって上月を喰い締めた。

歳上の恋人から余裕を奪えたのは目論見通りだが、自分が有利になれたかというと違う。夢中で自分を貪る獣に、ただ身を差し出すことしかできず、今まで以上に蕩けてしまうのだ。

このままでは、躰が壊れてしまいそうだ。

「ぁあ、あ、……あっ、……もう……っ」

「……っ、……陸、……陸っ、……どう、して欲しい？」

「……どうって……、……っく、……ぁあ、あ、あっ！」

「ここ、イイのかい？」

首筋に噛みつきながら、突起をいじり回されて痛みに噎《む》せる。

「痛……っ、……んぁあ……っ、……痛い……」

「でも……っ、気持ち、いいんだろう？」

「……っく、……んぁ」

「嫌、なのかい？　……だったら……」

「ちが……嫌、じゃ……っ、……だから、もっと……痛く、してくれ……っ」

言うなり、頑丈な歯で耳や首筋に噛みつかれ、いっそう乱暴に胸の突起をいじり回された。わざと指が喰い込むように太腿や尻を摑む上月に、普段の紳士的な姿からは想像できない獣を見てしまう。

けれども、そのギャップにやられているのも事実だった。

「イクよ、陸。だから、君も……」

「……ぁ、……は……っ、……ぁあっ」

切れ切れに呼吸しながら頷き、自分も早くイキたいとせがむ。すると、上月は陸の腰を抱え直してリズミカルに突き上げ始めた。

「あ、ぁあっ、あ、ぁあ」

真っ白になる頭の中。二人の息遣い。倒錯《とうさく》めいた行為。

自分たちの吐く息が交差しているのがわかる。

「陸、もう、……イっても、いいかい？」

「俺、も……、イキ、そ……だ、……ぁあ、あ、……もう……っ！」

陸が堪えきれずに絶頂に向かうと、上月もそれに合わせるように陸の中で爆《は》ぜた。

「――ぁぁぁああ……っ！」

自分の中が上月のそれで濡らされるのがわかる。繋がった部分が痙攣《けいれん》を起こし、いつまでも陸を内側から苛《さいな》んだ。

「はぁ……っ、……はぁ」

自分に伸しかかる上月を腕に抱き、しばし放心する。

「すごく、よかったよ。陸は？」

まだ息が整わない恋人の声は掠れていて、セクシーだった。本来なら悪態の一つもついてやるところだが、たっぷりと愛されたため回復は遅く、陸は心地好い疲労と一緒に上月を腕に抱いたまま「うん」とだけ言った。

後悔先に立たず――陸は、上月の部屋でその言葉を噛み締めていた。

もとの鞘《さや》に収まって一週間。外はまだまだ寒いが、部屋は暖房が利いているせいで春のように暖かい。そして、それ以上に春をまき散らしているのは、幸せそうにしている上月だ。

「どうぞ。実家から送ってきた紅茶だよ」

「サンキュー……」

陸は、不機嫌な顔でカップが目の前に置かれるのを見ていた。

上月とヨリを戻すことになったことはまだいい。往生際は悪かったが、もうこれ以上ジタバタするつもりはない。しかし、わざとはしたない言葉で誘い、大胆にリードして上月を尻で喰おうとしたことは後悔している。目論見を完全に達成できればまだいいが、結局有利に運んだかというと違うのだ。

淫乱な姿を見せただけで、主導権を握ることはできなかった。

しかも、なぜ張り合おうとしたのか今考えると自分でもよくわからない。たとえ上月を完全にリードすることに成功したとしても、それが勝利かというと微妙なところだ。

この男を悦ばせるだけなのだから……。

(俺はアホか……)

頭を抱え、何度も深く反省する。

隣では、上機嫌の上月が紅茶を飲んでいる。陸は手をつける気にはならない。

「ねぇ陸。この前の……」

「忘れた。忘れたっつってんだろ！」

「まだ何も言ってないだろう」

「てめぇが何言おうとしてるかなんて、お見通しなんだよ！」

八つ当たりだとわかっていても、つい怒鳴ってしまう。進歩がない自分に「いい加減大人になれ」と思うが、実行するのは難しい。特に意地っ張りの陸には、そう簡単にできることではないのだ。

上月の誘いに乗って部屋に来るくらいの素直さはあっても、まだ甘い囁きを黙って聞いていられる余裕はない。

「ねぇ、もう観念してくれたかい？」

「……したよ」

「本当に？」

「ああ、そうだよ。だからこうしてここに来てんだろうが！」

「じゃあなんで怒ってるんだい？」

ニコニコと笑いながら言う上月に「そのニヤけた面をなんとかしろ」と言いたくなるが、同時に今言ったことが嘘ではないと改めて思い知らされた。

いちいち好きだの綺麗だのと言う上月に腹を立てていても、好きだという気持ちはちゃんとここにあるのだ。ただ、素直になれないだけだというのは、自分でもよくわかっている。

「怒ってねーよ」

「嘘」

「嘘じゃねーよ！」

「うっそ」

「嘘じゃ……」

「僕にあんな淫らな姿を見せたから、照れてるんじゃないのかい？　僕をリードして見返してやろうと思ってたんだろうけど、エッチなところを見せちゃっただけだから、怒ってる」

「――っ！」

すっかり見透かされていることに、陸は赤面した。ここまで見事に言い当てるなんて、さすがに有能な弁護士だ。やはり、陸のような若造には歯が立たない相手だ。

陸の反応から自分の言葉が図星だったと確信した上月は、ますます嬉しそうに笑ってみせる。

「ほら、当たり」

上月がにっこりと笑いながら手を伸ばしてくると邪険にそれを払い除けるが、上月は余裕を崩さない。

「あ。やっぱり図星？　嬉しいな」

「黙れ！　そのニヤけた顔をなんとかしろ！　ヘンタイ！」

一人怒りまくっている陸と、楽しそうにちょっかいを出している上月。

傍《はた》から見ると、腹を空かせた野良猫を保護しようと手を伸ばす男と、それを怖がってフーッ、と逆毛を立てる薄汚れて痩せこけた子猫だ。危害を加えるつもりはない相手だろうが、警戒心を見せずにはいられない。

時々弟の空が連れ帰る猫の中に、今の陸のようなのがいる。

自分がそんな可愛いことになっていると想像だにしていない陸は、ただただ思いつく限りの悪態をつくばかりだ。そうやって上月の心をさらに自分のものにしている。

気づいていないのは、陸だけだ。

何を言っても笑顔を崩さない上月に怒り疲れてくる陸だったが、タイミングよく玄関のチャイムが鳴った。

「ほら、誰か来たぞ。早く出ろよ」

「はいはい」

嬉しそうに玄関に向かう上月の背中を見送り、軽くため息を漏らす。

（あー、なんでこう疲れるんだ……）

脱力し、出された紅茶に手を伸ばす。

自分の性格に呆れていると、上月が戻ってきて部屋の出入り口に立っているのに気づいた。

「ん……？」

なぜか困った顔をしている。

「どうしたんだよ？」

「いや、それが……」

はっきりしない言い方に、陸は怪訝《けげん》そうな顔をしてみせた。上月がこんな態度を取るのは、めずらしい。このエリート弁護士にこんな顔をさせる人物といえば、大体決まっている。

「じゃーん」

上月の背後から出てきたのは、里美だった。

（やっぱり……）

二人きりのところにやってきた里美は、満面の笑顔で仁王立ちしてみせる。

「何しに来たんだよ？」

「何しにって……邪魔しに来たのよ」

「は？」

「やっぱり私は要お兄様のお嫁さんになるって決めたの。……あ、私も紅茶貰うわね。自分で淹れてきていい？」

そう言ってキッチンに向かった里美は、自分の紅茶を用意しながら続ける。

「だって、お兄様言ったでしょ？」

「何をだい？」

「周りがどう言おうが陸がどう言おうが、僕は陸を諦めないって言ったじゃない」

「そうだけど……」

「だから、私も要お兄様がなんと言おうと、お兄様を諦めないわ。結婚したわけじゃないし、いつか別れる可能性は十分だし。ね？」

どうすんだよ……、と上月を見ると、さすがにお手上げだという顔をしている。それを見てザマァミロと思うが、最後はやはり上月のほうが上手だというところを見せられる。

「でも僕って、障害があればあるほど燃えるんだよね」

ポツリと漏らされた言葉に、嫌な予感を覚えずにはいられなかった。きっと里美が二人の邪魔をすればするほど、ベッドであらぬことをしてくれるだろう。

腹黒のヘンタイ王子……、と今から警戒心を胸に里美と話をしている上月に目をやるが、端整な横顔の奥にあるものを噛み締めた。

『僕は、絶対に陸を諦めない』

陸は、ああ断言できる上月の強さが好きなのだ。ヘンタイだろうが腹黒だろうが、きっともう離れることはできない。

(本当に観念したんだ。もう逃げねぇよ)

誤魔化さず、本気でそれを伝えるまでにはまだ時間がかかりそうだが、それでも陸の中では揺るがない気持ちがあるのは確かだった。

あとがき

こんにちは。中原一也です。

この本を手に取って頂き、ありがとうございました。

私は混沌とした場所や猥雑な場所というのが好きで、脇役にも結構力を入れて変なキャラを出してしまいます。ごちゃごちゃしてるのが好きみたいです。

今回は、まず美貌を楯にしたたかに生きる陸と、狡猾な王子様の上月のキャラが浮かんだんですが、どう動かそうかと考えた時に、陸を大家族にして『腹を空かせたガキどもが阿鼻叫喚する場所』にしたら面白いんじゃないかと思い、こういう設定になりました。

実は、地元福岡の三大ジャンクフードの中に、安くて速くて旨いで有名なうどん屋があるんですが、それだけに昼間はまるで戦場のようになります。

まさに惣流家の『腹を空かせたガキどもが阿鼻叫喚する場所』というわけです。

店員のおばちゃんたちは逞しく、「○○さーん、かしわご飯三つ用意しとってーっ！」なんて声が飛び交っているんですが、座敷になんぞ案内されたら、そりゃもう大変です。

席では仕事中のサラリーマンやら作業着姿のおっちゃんやら、ヤンキーカップルやら、洟垂れ小僧を引き連れたご家族やらがひしめき合っておりまして、うどんを乗せたお盆を持ったおばちゃんが通路を行ったり来たりしております。

そんな混沌とした中で「ぞぞぞーっ」とうどんを啜るのでございます。

また、独特の麺は、時間が経つにつれ麺が出汁を吸い込んで膨れ上がる「食べても食べてもなくならない魔法のうどん」とも呼ばれる強敵。ここで胃袋が試されます。脆弱なお嬢様の胃袋では歯が立ちません。

まさに弱肉強食の地獄絵図。

しかも、麺は軟麺・中麺・硬麺という選択肢が用意され、替え玉システムまであり、昆布とカツオの出汁が効いた絶品スープはお替りし放題。

ネギも好きなだけぶち込んでいいという太っ腹。

さらに言うなら、うどん玉を持ち帰りで頼むと、かなりの率でおばちゃんが「一個おまけしとるもんね」と耳元で囁いてくれます。

ビバ、Mうどんっ！（一応伏せてみた）　あんた漢だよっ！

なぜうどん屋の話に終始したのか、書いてる私も謎ですが、それはそれは素敵なうどん屋なのでございます。


それでは最後に、挿絵を描いてくださった和鐵屋匠先生。素敵なイラストをありがとうございました。傷だらけの陸がとても色っぽくて、クラクラしてしまいました。

そしてすでに退職されている担当様、そして新しく私を指導してくださっている担当様。お二人のアドバイスがあったからこそ、こうして世に出せる作品に仕上げることができました。これからも宜しくお願いします。
それから読者様。こんなくだらないあとがきにまでつき合って頂き、本当にありがとうございました。私の作品を気に入って頂けたら、またぜひ読んでくださいませ。

中原　一也

◆初出一覧◆
あばずれ　／小説b-Boy（'08年4月号）掲載
あばずれ・改？　／書き下ろし

恋愛度100%のボーイズラブ小説雑誌!!
イラスト／佐々成美
イラスト／稲荷家房之介
多彩な作家陣の
豪華新作!!
読み切り満載♥
ノベルズの人気シリーズ
最新作も登場!!
イラスト／明神 翼
人気ノベルズの
お楽しみ企画も満載♥
絢爛ピンナップ&
限定スペシャルしおり
&コミック
イラスト／蓮川 愛
小説 ビーボーイ b-BOY
毎月14日発売
Libre
毎月のラインナップは、HP/モバイルでチェックしてね♥
A5サイズ

ビーボーイ小説新人大賞

「このお話、みんなに読んでもらいたい！」そんなあなたの夢、叶えてみませんか？

小説b-Boy、ビーボーイノベルズ、ビーボーイスラッシュノベルズにふさわしい小説を大募集します！ 優秀な作品は、小説b-Boyで掲載、公式サイトb-boyモバイルで配信、またはノベルズ化の可能性あり♡ また、努力賞以上の入賞者には担当編集がついて個別指導します。あなたの情熱と新しい感性でしか書けない、楽しい小説をお待ちしてます!!

募集要項

************作品内容************

小説b-Boy、ビーボーイノベルズ、ビーボーイスラッシュノベルズにふさわしい、商業誌未発表のオリジナル作品。

************資格************

年齢性別プロアマ問いません。

************応募のきまり************

- 応募には小説b-Boy掲載の応募カード（コピー可）が必要です。必要事項を記入の上、原稿の最終ページに貼って応募してください。
- 〆切は、年２回です。年によって〆切日が違います。必ず小説b-Boyの「ビーボーイ小説新人大賞のお知らせ」でご確認ください。
- その他注意事項はすべて、小説b-Boyの「ビーボーイ小説新人大賞のお知らせ」をご覧ください。

************注意************

・入賞作品の出版権は、リブレ出版株式会社に帰属いたします。
・二重投稿は、堅くお断りいたします。

ビーボーイノベルズをお買い上げいただきありがとうございます。
この本を読んでのご意見・ご感想をお待ちしております。

〒162-0825 東京都新宿区神楽坂6-46
ローベル神楽坂ビル4階
リブレ出版(株)内 編集部

リブレ出版ビーボーイ編集部公式サイト「b-boyWEB」と携帯サイト「b-boyモバイル」でアンケートを受け付けております。各サイトにアクセスし、TOPページの「アンケート」から該当アンケートを選択してください。(以下のパスワードの入力が必要です)。
ご協力お待ちしております。

b-boyWEB　http://www.b-boy.jp
b-boyモバイル　http://www.bboymobile.net/
(i-mode, EZweb, Yahoo!ケータイ対応)

ノベルズパスワード
2580

BBN
B•BOY NOVELS

あばずれ

2009年5月20日　第1刷発行
著　者――中原一也

発行者――牧 歳子
発行所――リブレ出版 株式会社
〒162-0825
東京都新宿区神楽坂6-46ローベル神楽坂ビル6F
営業　電話03(3235)7405　FAX03(3235)0342
編集　電話03(3235)0317
印刷・製本――図書印刷株式会社

この書籍の用紙は全て日本製紙株式会社の製品を使用しております。

Printed in Japan
ISBN978-4-86263-579-2